Début d'une série de documents
en couleur

PAR-DESSUS

LE BUISSON

PAR

JEAN GRANGE

TOURS

ALFRED MAME ET FILS

ÉDITEURS

BIBLIOTHÈQUE
DE LA JEUNESSE CHRÉTIENNE

FORMAT PETIT IN-8

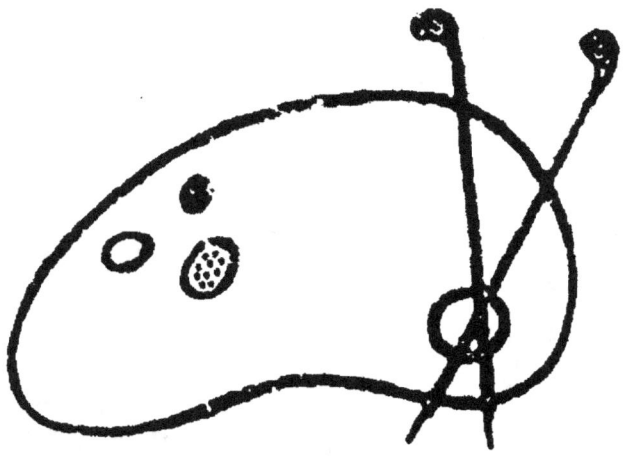

Fin d'une série de documents
en couleur

PAR-DESSUS

LE BUISSON

—

SÉRIE PETIT IN-8

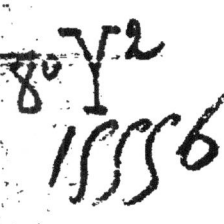

L'angélus au village.

PAR-DESSUS
LE BUISSON

PAR

JEAN GRANGE

TOURS

ALFRED MAME ET FILS, ÉDITEURS

—

M DCCC LXXXIV

PAR-DESSUS

LE BUISSON

Si le flambeau du bon sens, qui manque à tant d'individus des classes élevées et des classes laborieuses, vient à s'éteindre tout à fait, il faudra s'adresser aux paysans pour le rallumer.

Le père la Luzerne pourra fournir l'étincelle.

Cet honnête fermier sait lire et écrire, mais c'est son moindre talent. Outre qu'il connaît l'agriculture pratique de façon à en remontrer à plusieurs comices agricoles, il a, presque sur toute chose, des appréciations si justes et si saines, que j'en suis stupéfait.

Je me dis souvent : Jusqu'où ne serait pas allée cette tête carrée, si elle avait été appliquée à l'étude.

Parfois, au contraire, je pense que l'instruction m'aurait gâté mon père la Luzerne.

Quoi qu'il en soit, le vieux fermier est désireux de s'instruire. Comme mon jardin est séparé de son clos, nous causons par-dessus le buisson lorsque nous n'ouvrons pas la porte rustique qui sépare les deux héritages.

Il y a quelques semaines, le père la Luzerne et moi, nous avons fait par-dessus la haie de la vraie philosophie. C'était le matin, une splendide matinée de juillet. Le soleil, à peine sur l'horizon, perçait peu à peu le léger rideau de brouillard qu'il allait bientôt déchirer et faire disparaître. Après la chaleur de la veille et celle que la journée promettait, la fraîcheur matinale était délicieuse. L'angélus tintait à deux ou trois églises ; on entendait les rires sonores des moissonneurs et des moissonneuses qui se rendaient au champ, la faucille sur l'épaule. Un vieux merle, caché dans un fourré voisin, sifflait à outrance la chanson, bien jolie pourtant, de deux fauvettes établies dans ma charmille. Je me promenais en constatant avec tristesse que mes quatre tilleuls avaient déjà perdu quelques feuilles mal attachées. Un joli arbre que le tilleul, mais trop tôt dépouillé. Parlez-moi du chêne pour garder jusqu'au seuil de l'hiver son feuillage. Décidément le chêne est l'arbre indigène de la vieille Gaule. Quel dommage que le chêne vienne si lentement ! Pendant que je me livrais à ces réflexions plus ou moins agricoles et horticoles, je m'entendis saluer par un « Bonjour, monsieur Jean Grange, » bien articulé. Je me tournai du côté du clos du père la Luzerne, et je vis le vieux fermier déjeunant sans fausse honte, en plein air et à cinq heures du matin, d'un chiffon de pain noir et d'un oignon cru.

Je m'approchai de la haie et j'échangeai avec mon voisin une cordiale poignée de main en disant :

« Étiez-vous malade, père la Luzerne, que je ne vous ai pas vu depuis trois jours ?

— Malade! dit-il en riant, et avec une inflexion de voix qui signifiait: monsieur Jean Grange veut rire. Est-ce qu'un fermier est malade en pleine moisson? »

Il ajouta:

« Non, grâce à Dieu! je n'étais pas malade. Vous ne m'avez pas vu parce que je suis allé faire un voyage à Bourges, pour donner ma signature à cette fin de toucher trente pour cent d'une créance véreuse. C'est fini, monsieur Jean Grange, il n'y a plus de bonne foi dans ces grandes villes. Aussi je ne veux plus prêter, sinon sur bonne hypothèque, ou sur simple parole, pour obliger, par exemple, un voisin comme vous.

— Merci, père la Luzerne, dis-je. Et vous n'avez rien vu de nouveau dans la capitale du Berri?

— Je vous demande pardon, j'ai vu et entendu un fameux prédicateur qui faisait courir tout le monde. J'ai suivi la foule, et je suis parvenu à me faufiler dans la cathédrale de Bourges. Vous savez que c'est une église qui n'est pas petite: eh bien! elle était pleine comme l'est ma grange après la moisson. J'ai cru que je ne trouverais pas une gerbe: qu'est-ce que je dis? une chaise pour m'asseoir. Franchement, ces fameux prédicateurs ne sont pas ce qu'on croit. Je préfère les prônes de notre curé.

— M. l'abbé Mauduit a pourtant beaucoup de réputation. Il a prêché dans les principales églises de Paris, et rien que cela suppose du talent.

— Je ne dis pas, mais je n'ai rien compris à son sermon, et je ne suis pas le seul dans ce cas. L'instituteur de Richebourg et l'adjoint au maire de Saint-

Brice, qui se trouvaient à Bourges et qui sont allés au sermon, m'ont avoué qu'ils n'avaient vu goutte dans ce discours, qui a duré près d'une heure et demie.

— Je crois qu'en effet l'abbé Mauduit n'est pas un orateur populaire.

— Alors pourquoi s'adresse-t-il au peuple? Est-ce que vous croyez que la cathédrale de Bourges n'était remplie que de savants? Point du tout ; pour un monsieur il y avait cinq ouvriers, et pour une dame dix bonnes femmes ou servantes. Je vous répète, monsieur Jean Grange, que je préfère les prônes de notre curé.

— Vous avez bien compris, au moins, père la Luzerne, quel était le sujet du sermon ?

— Tout ce que j'ai retenu, ce sont deux grands mots qui revenaient à chaque instant. Attendez que je me les remémore... C'est comme... Non! Si !.., C'est bien ça !... rationalisme et naturalisme. Paraît que ce rationalisme et ce naturalisme sont la cause de tous nos malheurs, qu'ils produisent plus de ravages que l'oïdium et le phylloxera, et que la France est perdue si on ne la débarrasse pas de ces deux fléaux.

— M. l'abbé Mauduit a raison.

— Je le crois; mais encore fallait-il nous expliquer un peu ce qu'étaient au juste ce rationalisme et ce naturalisme qui causent tant de maux.

— Le prédicateur aurait dû, en effet, commencer par définir clairement son sujet. M. Mauduit est sans doute de l'école de ceux qui pensent que les définitions refroidissent l'éloquence et gênent les mouvements oratoires.

— Faut croire. Et vous, monsieur Jean Grange, vous ne pourriez pas m'expliquer un peu ce que sont le rationalisme et le naturalisme ?

— Si ; mais ça prendrait un peu de temps, et ça demanderait de l'attention. Nous en recauserons un de ces jours, père la Luzerne.

— Quand il vous plaira, monsieur Jean Grange. »

Là-dessus je me mis à arroser quelques plates-bandes, et le vieux fermier s'en alla aiguillonner cinq ou six moissonneurs qui étaient en retard.

Un homme tenace que ce père la Luzerne ! Depuis huit jours il me persécute pour que je lui explique ce que sont le naturalisme et le rationalisme. Ces deux grands mots lui sont restés dans la tête et n'en veulent plus sortir. J'ai beau détourner la conversation, parler de l'abondance des céréales, de la rareté des fourrages et de la qualité supérieure qu'auront les vins de 1874, rapport à la comète, le vieux fermier revient à ses moutons, au naturalisme et au rationalisme. Ces prédicateurs de grandes villes devraient bien éviter certains sujets, ou les traiter plus clairement. C'est qu'il n'est pas facile du tout de contenter le père la Luzerne ! Qu'est-ce que le naturalisme? Qu'est-ce que le rationalisme? Je le sais pour moi ; mais s'agit-il de l'expliquer à un illettré, c'est autre chose. Allez donc parler métaphysique à un laboureur ! Si je me tais, je vais passer pour un ignorant ; si je parle, je ne serai pas plus clair que M. l'abbé Mauduit. Une jolie alternative pour un écrivain populaire ! A la garde de Dieu ! je m'en tirerai comme je pourrai.

Telles étaient les réflexions que je faisais lundi soir

en arrosant un carré de dahlias, lorsque le chapeau de paille du père la Luzerne parut au-dessus du buisson qui sépare nos propriétés.

« Bonjour, monsieur Jean Grange.

— Bonjour, voisin.

— Et le naturalisme ? et le rationalisme ? »

Bon ! dis-je à part moi, le voilà qui y revient. Il y tient décidément. Quel entêté que ce bonhomme ! A-t-on jamais vu un fermier berrichon se préoccuper de questions pareilles ! Je parie que le père la Luzerne doit avoir la bosse de la philosophie. Il faudra que je consulte Gall et Lavater pour voir où ils placent cette protubérance.

Les hommes dont ce n'est pas le métier d'avoir des idées souffrent véritablement lorsque quelque idée au-dessus de la portée de leur intelligence s'est logée dans leur cervelle.

Ils ont véritablement martel en tête. Tel était le cas de mon voisin.

Je résolus donc de lui ôter de la tête son naturalisme et son rationalisme, à peu près comme je lui aurais arraché deux épines du pied.

Avant de narrer le dialogue socratique que nous eûmes ensemble, j'ai hâte de dire que je me soumets humblement à la critique de messieurs les philosophes et de messieurs les théologiens. S'ils me trouvent inexact, incomplet, obscur, je m'en consolerai et les engagerai à mieux faire.

« Oui, Messieurs, leur dirai-je respectueusement, essayez, pour voir, d'expliquer à un fermier qui sait à peine lire et écrire ce que sont le naturalisme et le rationalisme. »

Qu'allait-il faire dans cette cathédrale, ce père la Luzerne! Manque-t-il d'églises à Bourges où les curés expliquent l'Évangile et le catéchisme! Si je savais l'adresse de M. l'abbé Mauduit, je lui écrirais pour lui apprendre le beau résultat de sa conférence sur le naturalisme et sur le rationalisme.

« Voyez-vous, dis-je au père la Luzerne, le naturalisme est le système de ceux qui ne croient qu'aux phénomènes visibles et tangibles, et qui nient toute intervention surnaturelle de D u dans le monde ; comprenez-vous ?

— Pas trop, pas du tout. Vous parlez comme le prédicateur de Bourges. Lui aussi parlait de phénomènes. Voilà un mot qui m'embrouille. S'agit-il des phénomènes qu'on voit aux foires annuelles de Bourges et de Limoges, des nains, des géants, des femmes à deux têtes ? »

Cette interrogation du père la Luzerne acheva de m'accabler.

Véritablement, pensai-je, c'est folie de vouloir expliquer certaines choses aux gens ignorants. Les deux esprits les plus clairs et les plus vulgarisateurs que je connaisse, M. Thiers et Mgr de Ségur, échoueraient à vouloir faire comprendre à ce fermier ce que sont le naturalisme et le rationalisme.

Enfin continuons !

« Père la Luzerne, dis-je, vous avez fait, n'est-ce pas, cette année la procession des Rogations?

— Certainement.

— Pourquoi ?

— Parbleu ! monsieur Jean Grange, pour que le bon Dieu préserve nos champs de la gelée, de la grêle, et qu'il nous donne en temps opportun le soleil et la pluie.

— Vous croyez donc que la gelée, la grêle, la pluie et le beau temps sont dans les mains de Dieu ?

— Sans doute.

— Eh bien ! le naturalisme dit le contraire. Il gèle, il grêle, il pleut, il soleille, par hasard : le bon Dieu n'y peut rien du tout.

— Quelle bêtise ! dit le père la Luzerne ; alors le bon Dieu est moins puissant que moi, puisque je puis, jusqu'à un certain point, préserver mes récoltes de la gelée et de la grêle en les couvrant. Quant à la pluie, j'y supplée en arrosant. Il n'y a pas jusqu'au soleil que je ne puisse remplacer par une serre bien chauffée.

— Tout ce que vous voudrez ; cela n'empêche pas que d'après le naturalisme ce sont des lois fixes et ne changeant jamais qui gouvernent le monde.

— Ce naturalisme radote, et je ne croirai jamais que le bon Dieu se soit lié ainsi les mains. Il y a des exceptions à toutes les règles et à toutes les lois. Pourquoi le bon Dieu ne détournerait-il pas la grêle, par exemple, de dessus une commune d'honnêtes gens et de bons chrétiens pour la laisser tomber sur quelque paroisse de païens, d'ivrognes et de fainéants ? J'ai vu un champ dont la moitié était grêlée, et l'autre moitié ne l'était pas. Voyez-vous, monsieur Jean Grange, il y a dans nos campagnes plus de merveilles que ces philosophes n'en soupçonnent. On voit bien qu'ils ne sont pas fermiers. Tous les *naturalistes* du monde ne me détourneront pas de faire chaque année la procession des Rogations.

— Et vous agirez sagement. Vous croyez aux sept sacrements, n'est-ce pas, père la Luzerne, et en particulier au baptême ?

— Oui.

— Vous avez tort d'après le naturalisme. Les sept sacrements agissent sur l'âme à peu près comme un emplâtre sur une jambe de bois. Il est à présumer (toujours d'après le naturalisme) que l'âme n'a pas de tache originelle, et dans tous les cas cette tache ne peut être enlevée par quelques gouttes d'eau bénite et quelques paroles de latin.

— Mais, monsieur Jean Grange, s'écria le père la Luzerne, c'est de l'impiété toute pure que ce naturalisme. Je ne m'étonne pas que le prédicateur de Bourges le comparât à l'oïdium et au phylloxera. Il est même plus dangereux ; car enfin, si l'oïdium et le phylloxera me gâtent un vignoble, je puis arracher ce vignoble et en planter un autre. Mais, si votre naturalisme gâte l'âme de mon fils ou de ma fille, que puis-je y faire ? J'espère, monsieur Jean Grange, qu'on n'enseigne pas ce naturalisme aux enfants des écoles ?

— Pas aux élèves des écoles primaires ; quant aux grandes écoles, c'est différent. Il paraît qu'il y a des professeurs de science et de médecine qui ne se gênent pas pour dire aux jeunes gens qui suivent leurs cours qu'il est à croire que le bon Dieu n'existe pas, que l'âme n'est autre chose que la cervelle, que le monde s'est fait tout seul et marche comme il peut sans que personne y puisse rien changer.

— Savez-vous à quoi je pense, monsieur Jean Grange ?

— Non, père la Luzerne.

— Je songe que tous les philosophes *naturalistes* ne sont pas à Paris. Il y en a deux au moins dans notre commune. Vous connaissez Louis Martin et son chenapan de fils? Pas plus tard que lundi, ces deux ivrognes me disaient des choses toutes semblables à celles dont vous venez de parler. Le père prétendait qu'un chien vivant vaut mieux qu'un évêque mort; le fils assurait qu'il donnerait son âme au diable, si le diable voulait lui en donner cinq sous. Ah! c'est ça le naturalisme? Pourquoi alors chercher midi à quatorze heures? Il serait bien plus simple de dire que le naturalisme c'est la croyance des paresseux, des ivrognes, des sans-cœur de tous les pays. De jolis philosophes que Martin père et fils! de fameux Français! S'il n'y avait que ces *naturalistes*-là pour prendre la revanche, nous pourrions l'attendre jusqu'à la fin des siècles des siècles. Et le rationalisme, monsieur Jean Grange, vaut-il mieux au moins que le naturalisme?

— Non, père la Luzerne.

— Alors les deux font la paire, et le prédicateur de Bourges avait raison de les comparer à l'oïdium et au phylloxera. Tout de même, je ne serais pas fâché de vous entendre expliquer un peu ce que c'est que ce rationalisme. »

C'était vraiment un homme d'une intelligence hors ligne, le père la Luzerne, et qui fût allé loin s'il avait étudié. Il écorchait un peu le français, et appelait *naturalistes* les partisans du naturalisme; mais s'il se trompait sur les mots, il ne s'en payait pas. Il allait au fond des choses, et voulait voir clair. En outre, il réfléchissait à ce qui lui avait été dit, le développait et en tirait des conséquences. Bref, cette bonne tête de fermier avait la bosse du raisonnement comme d'autres ont la bosse du calcul.

J'allais essayer de lui expliquer ce qu'était le rationalisme lorsqu'il revint au naturalisme et me dit :

« D'après ce que vous venez de m'expliquer, il me semble, monsieur Jean Grange, que ces *naturalistes* ne doivent guère croire aux miracles. Si Dieu ne peut pas intervenir pour préserver mon champ de la gelée ou de la grêle, à plus forte raison ne peut-il pas ressusciter un mort ou guérir un malade qui est condamné par la science.

— Vous avez raison, répondis-je, les partisans des doctrines naturalistes n'admettent pas les miracles.

— Alors comment font-ils lorsque le bon Dieu permet qu'il leur en arrive un ?

— Ils disent qu'il n'est pas arrivé.

— Très bien ! Mais si cent hommes, mille hommes, deux mille hommes assurent qu'ils l'ont vu de leurs yeux ?

— Ils disent que ces hommes se sont trompés.

— Voilà qui est fort ! s'écria le fermier. Ces *naturalistes* s'imaginent donc que les gens sont aveugles? Moi qui vous parle, j'ai connu une vieille dame qui était paralysée depuis dix ans des deux jambes; tous les médecins et tous les pharmaciens du monde, en mettant en commun leurs ordonnances et leurs remèdes, n'avaient pas réussi à lui faire remuer le petit doigt du pied. On la conduit à Lourdes avec des peines et des précautions à n'en plus finir; on la porte à la grotte sur un brancard ; elle prie la sainte Vierge, boit de l'eau de la source miraculeuse et se trouve guérie; si bien guérie qu'aujourd'hui, après un an, elle marche comme vous et moi. Est-ce que les *naturalistes* oseraient soutenir que ce miracle est un conte ?

— Certainement.

— Eh bien ! qu'ils viennent me le dire, et ils trouveront à qui parler. C'est bien d'être philosophe, mais il ne faut pas prendre son prochain pour un imbécile. Ces *naturalistes* sont des aveugles et des entêtés : je suis sûr que s'ils avaient vécu du temps de Notre-Seigneur, ils n'auraient pas plus cru aux miracles qu'il opérait en Judée qu'à ceux qu'il accorda à Lourdes à sa sainte mère. Lorsqu'un homme en est là, il n'y a plus qu'à le recommander à la miséricorde de Dieu et aux prières des bonnes âmes; voilà mon opinion. Et le rationalisme, monsieur Jean Grange ?

— Je vous l'ai déjà dit, en fait d'erreurs, le rationalisme et le naturalisme se ressemblent au point de faire la paire. De même que les naturalistes ne croient qu'aux lois de la nature, les rationalistes n'acceptent que les lumières de la raison. La raison est en tout leur seule règle de conduite. »

Le vieux fermier réfléchit quelques instants, puis il me dit :

« Il me semble que ces rationalistes n'ont point tort. Que peut-on demander de plus aux hommes que de suivre les lumières de la raison ? Plût à Dieu que tout le monde en fût là ! Les choses iraient mieux qu'elles ne vont. Suivre les lumières de la raison; mais c'est très beau cela! Comment pouvez-vous blâmer ces rationalistes, et les comparer à des gens qui refusent au bon Dieu le pouvoir de détourner la grêle de mon champ ou de guérir un malade incurable naturellement.

— Doucement ! doucement ! père la Luzerne, vous allez voir que les rationalistes ne valent pas mieux que les naturalistes. Qu'est-ce que vous auriez répondu à Matthieu le tonnelier, s'il vous avait dit, comme à moi, qu'il ne croyait pas au mystère de la très sainte Trinité ?

— Je lui aurais répondu qu'il était un impie de renier son baptême.

— C'est précisément la réponse que je lui ai faite ; mais il m'a répondu qu'il ne suivait que les lumières de la raison, et ne croyait point à ce qu'il ne comprenait pas.

« — Comme je ne comprends pas, a-t-il dit, que trois personnes ne fussent qu'un seul et même Dieu, je refuse de croire à la Trinité; tous ces mystères étaient bons pour les siècles d'ignorance; on veut voir clair aujourd'hui. »

A ma grande surprise, le père la Luzerne se mit à rire bruyamment.

Lorsque cet accès de gaieté eut pris fin, il me dit :

« Les paroles de Matthieu m'ont fait souvenir d'une histoire plaisante qui m'était sortie de la mémoire. Je ne l'oublierai plus, et je veux la conter au tonnelier la première fois qu'il viendra chez moi mettre des cercles à mes tonneaux.

— Commencez par me la raconter, père la Luzerne.

— C'est bien facile. Figurez-vous qu'étant allé l'année dernière à Saint-Julien, un gros bourg de l'Angoumois, où ma fille cadette est établie, comme vous savez, j'eus occasion d'assister à une mission prêchée par deux religieux qu'on appelait les pères *oblats*. En voilà des prédicateurs ! je vous réponds qu'ils n'avaient pas peur d'être trop populaires. Ils ne parlaient pas, comme l'orateur de Bourges, de naturalisme et de rationalisme, ou, s'ils en parlaient, c'était en termes si clairs, que les enfants et les bonnes femmes les comprenaient. Le singulier, c'est qu'ils avaient chacun un genre différent. Le père Martineau faisait pleurer tout son auditoire. Il fallait l'entendre lorsqu'il prêchait la Passion ou parlait des malheurs de la France et du pape ! Les plus endurcis avaient les larmes aux yeux. Le père Hilarin, lui, faisait sourire et même rire, par les traits malins dont il criblait les libres penseurs. C'est le père Hilarin qui nous conta l'histoire dont je vous parlais.

« — Il n'y a qu'en France, nous dit-il, qu'on voit certaines choses. Il est rare qu'à une table d'hôte un peu nombreuse il ne se trouve pas quelque mal-appris pour railler le voyageur qui fait maigre un jour d'abstinence, ce voyageur fût-il un prêtre ou une femme. Les autres se taisent souvent, et même applaudissent. Par exemple, il ne faudrait pas qu'un chrétien faisant maigre s'avisât de critiquer, même légèrement, un libre penseur faisant gras : on crierait à l'intolérance, au jésuitisme, à l'ultramontanisme, au cléricalisme, etc. etc. C'est absurde ; mais c'est ainsi : tant il y a, continua le père Hilarin, qu'un prêtre ayant un de ces jours, à table d'hôte, refusé un vendredi un potage gras, il se vit raillé longuement par son vis-à-vis, un libre penseur de la plus belle eau.

« — Comment! disait ce plaisantin, un homme intelligent comme vous, monsieur l'abbé, peut croire qu'il honore Dieu en se privant d'une assiéttée de potage au gras !

« — Monsieur, dit le prêtre, je n'ai pas la prétention de croire honorer la Divinité en me privant d'une assiéttée de soupe, mais je suis sûr que je l'honore en observant les lois établies par lui-même ou par son Église. La mortification est une loi divine, et l'abstinence du vendredi une loi ecclésiastique : ne trouvez pas mauvais que j'observe ce double précepte.

« — Je ne trouve pas votre façon de faire mauvaise, dit l'autre; mais je trouve votre manière de croire déraisonnable et absurde. La révélation faite par Dieu aux hommes, les pouvoirs de l'Église, la mortification et le reste sont des mystères, ou du moins ont leur origine et leur source dans les mystères : or j'ai pour principe qu'un homme raisonnable ne doit croire que ce qu'il comprend.

« — Êtes vous bien sûr, Monsieur, répliqua le prêtre, de ce que vous dites, et de ne croire que ce que vous comprenez?

« — Certainement.

« — Permettez-moi d'en douter. Que mangez-vous en ce moment ?

« — Vous le voyez bien, de l'omelette.

« — Et pourriez-vous me dire de quoi se compose une omelette?

« — Vous me posez là, monsieur l'abbé, de drôles de questions; mais ça ne fait rien, une omelette se compose de beurre et d'œufs.

« — C'est exact. Ayez maintenant la complaisance de me dire pourquoi le feu, qui durcit les œufs, fait fondre le beurre.

« — Pourquoi?...

« — Oui, pourquoi les œufs durcissent dans la casserole, tandis que le beurre y fond?

« — Je n'en sais rien; je ne suis ni chimiste ni cuisinier.

« — Vous seriez cuisinier et chimiste que vous n'en sauriez pas davantage. Il reste donc établi que vous ne comprenez pas l'action du feu sur les œufs et le beurre, et cependant vous croyez aux omelettes. »

Telle fut l'historiette que me conta mon voisin; je la connaissais déjà, mais j'eus l'air de l'entendre pour la première fois. Au fond, malgré sa simplicité et sa vulgarité, elle réfute suffisamment la prétention des ibres penseurs et des rationalistes (c'est tout un), de n'admettre que ce que leur raison perçoit clairement et complètement.

Si l'on rejette le mystère, ce n'est pas seulement la religion qu'il faut rejeter, c'est tout, parce que le mystère est au commencement, au milieu et à la fin de toutes choses.

Je n'oublierai jamais les réflexions par lesquelles le père la Luzerne termina notre entretien.

« Voyez-vous, dit-il, monsieur Jean Grange, tous ces *naturalistes* et rationalistes sont des gens de plume, des gens d'argent ou des gens de plaisir, qui ne con-

naissent rien des devoirs et des peines de la vie : autrement ils n'auraient pas le courage d'attaquer la seule
chose qui soutienne les ouvriers et les paysans, la foi
en Dieu et à l'autre vie.

« Ne me parlez pas de ces gens-là ! Je ne suis
pas méchant ; mais lorsque je les entends débiter les
sottises qu'ils appellent la philosophie, je souhai-
terais qu'on les embarquât, eux, et leurs livres et
leurs journaux, pour quelque pays où il y aurait
des sauvages ayant besoin de l'instruction gratuite,
obligatoire et laïque. De cette manière les pauvres
chrétiens de France seraient peut-être un peu plus
tranquilles. »

I

Si les fermiers et les laboureurs avaient, toutes les
saisons de l'année, autant de travail qu'ils en ont
lorsqu'il faut couper les foins et les moissons, leurs
forces n'y suffiraient pas. Heureusement la Providence leur a fait quelques semaines de repos. Après
les labours et les semailles, les paysans n'ont plus,
jusque vers la fin de l'hiver, que de menus travaux à
exécuter : soigner le bétail, clôturer les haies, réparer les outils agricoles, que faire de plus dans la
campagne boueuse, ou glacée, ou couverte de neige ?
Au bon Dieu de travailler en préparant dans le sein
de la terre les moissons et les vendanges de l'été et de
l'automne. Le laboureur, lui, se repose : heureux s'il
sait à ce repos joindre la prière et une vie honnête et
chrétienne !

Le père la Luzerne profitait de ses vacances d'hi-

ver pour aller voir sa fille aînée, mariée à la Giraudière, une petite paroisse du Poitou. D'ordinaire, il
partait le second dimanche de l'Avent, et revenait
l'avant-veille de la Noël; la dernière fois, il prolon-
gea son séjour, et ne fut de retour qu'après l'Épi-
phanie.

Le brave homme avait l'habitude d'éternuer si fort,
que je l'entendais de ma chambre, fût-il au fond de
son jardin ou de sa grange.

Un après-midi, me promenant dans mon jardin
par un rare et pâle soleil de janvier, j'entendis éternuer d'une façon si bruyante et si nourrie, que je me
dis :

Le père la Luzerne doit être arrivé : il n'y a que lui
pour éternuer de la sorte.

« Dieu vous bénisse, voisin ! lui criai-je.

— Ainsi soit-il, *amen*. Dieu vous conserve, monsieur Jean Grange ! »

Tout en nous envoyant ces rustiques mais sin-
cères souhaits de bonheur, nous nous étions, l'un et
l'autre, rapprochés du buisson qui séparait nos deux
héritages. Il était bien dépouillé, ce pauvre buisson,
et ressemblait à la haie touffue, verdoyante et fleurie
de l'été comme un squelette ressemble à un corps
vivant.

J'appuyai la main gauche sur un gros néflier noueux,
et, par-dessus la haie, je tendis la droite au vieux paysan, qui la serra dans ses mains calleuses.

« Vous avez fait bon voyage, père la Luzerne? la
maisonnée est en bonne santé là-bas ?

— Tout va bien, grâce à Dieu, monsieur Jean
Grange, sauf le cadet de ma fille, qui a pris un gros

rhume que le médecin de Montmorillon appelle... :
attendez..., comment appelle-t-il cela ? J'y suis : une
bronchite. Avez-vous jamais entendu appeler un
rhume une bronchite? Tout est changé aujourd'hui.
La chambre où couche Pierre ressemble à la bou-
tique de M. Joly, l'apothicaire, tant il y a de bou-
teilles, de fioles et de petits pots. De mon temps,
quand un garçon de dix ans était enrhumé, on lui
ordonnait de mettre du foin dans ses sabots et de
garder son bonnet de nuit; maintenant il faut des
tisanes, des sirops, de la flanelle, un tas de remèdes.
L'essentiel, c'est que la bronchite n'est qu'un gros
rhume dont Pierre guérira aux premières chaleurs.
Le médecin de la Giraudière me l'a dit, et aussi le
curé, qui se connaît aux maladies du corps presque
autant qu'à celles de l'âme.

« A ce propos, je suis chargé pour vous de deux
commissions, M. Jean Grange.

— Et qui a pu vous donner pour moi des commissions à la Giraudière, où je ne connais personne ?

— M. le curé et M. l'instituteur, qui reçoivent
l'Ouvrier et lisent vos livres. M'en ont-ils fait des
questions sur votre compte! Ils voulaient connaître
la couleur de vos cheveux, votre taille, votre caractère, que sais-je? Je leur ai dit que vous étiez un
homme entre deux âges, ni grand ni petit, et d'humeur gaie lorsque vous n'aviez pas sujet d'être triste.
La veille de mon départ, ils m'ont chargé de leurs
compliments pour vous. Paraît qu'ils goûtent vos petits livres.

— Ces messieurs sont trop indulgents.

2

— Je ne sais pas; ce qui est certain, c'est qu'ils s'y connaissent. M. Monnard a refusé un doyenné, et M. Bonnet est le plus fin maître d'école qu'il y ait à vingt lieues à la ronde. Les a-t-il bernés les conseillers municipaux de la Giraudière! Tenez, faut que je vous conte ça, vous rirez.

« Figurez-vous qu'il y a vingt ans mourut, dans la paroisse de mon gendre, un vieux noble nommé le comte de Verthamond, lequel laissa une rente de douze cents francs pour entretenir une école tenue par deux frères des Écoles chrétiennes. Il voulait des religieux, et pas des laïques. C'était son droit à cet homme, n'est-ce pas, monsieur Jean Grange? A quoi bon faire son testament, si on ne peut pas y mettre ses volontés? Pour lors, tout a marché à merveille pendant vingt ans. Parents et écoliers étaient enchantés des chers frères, qui étaient enchantés de tout le monde. Les choses seraient allées de la sorte jusqu'au jour du jugement, si la folie de l'instruction laïque n'avait pas gagné le conseil municipal de la Giraudière. Il n'y eut que mon gendre qui ne fut pas atteint. On peut bien le dire, puisqu'il n'y a pas ici de Prussiens pour nous entendre, les Français sont de drôles de gens. Ne faut-il pas avoir perdu la boussole pour s'imaginer que tout sera sauvé lorsque la lecture, l'écriture et le calcul seront enseignés dans toutes les écoles de France par des instituteurs et des institutrices laïques! Eh! messieurs les conseillers municipaux, il y a assez d'enfants à éduquer pour occuper tous ceux qui voudront s'y dévouer. Avez-vous un bon instituteur laïque; très bien! ne le renvoyez pas. Avez-vous des frères ou des sœurs dont vous êtes contents, gardez-les, surtout s'ils coûtent peu ou rien, comme à la Giraudière.

« Mon gendre a dit tout cela et bien d'autres choses à ses collègues. Rien n'y fit. On a une toquade ou on ne l'a pas. Il fut décidé, à l'unanimité moins deux voix, que la commune renoncerait à la rente de M. de Verthamond, qu'elle congédierait les deux frères Prétextat et Gélosius, et qu'elle emploierait dix-huit cents francs à l'entretien d'un instituteur laïque et de son adjoint. »

Arrivé à cet endroit de son récit, le père la Luzerne me dit :

« Ça ne vous ennuie pas ce que je vous raconte là, monsieur Jean Grange ?

— Non vraiment, voisin, répondis-je, et je vous prie de continuer. »

Le père la Luzerne poursuivit de la sorte :

« Un mois après la décision du conseil municipal, M. Bonnet fit son entrée à la Giraudière, suivi de Mᵐᵉ Bonnet et de trois petits Bonnet. Enfin ! on le possédait ce bienheureux instituteur laïque. Hélas ! l'habit ne fait pas le moine. Quelles ne furent pas la surprise et l'indignation du maire et des conseillers municipaux en voyant M. Bonnet et son adjoint conduire le dimanche leurs élèves à la messe, absolument comme les y conduisaient les frères Prétextat et Gélosius ! On sut que ces messieurs faisaient faire les prières du matin et du soir en pleine école. Arrive la fête de Noël : qu'est-ce qu'on voit ? M. Bonnet s'en allant communier en pleine messe de minuit.

« — Nous sommes volés ! s'écria le maire. C'était bien la peine d'expulser les congréganistes pour les voir remplacés par un jésuite de robe courte et son acolyte ! »

« Le lendemain, le maire alla trouver M. Bonnet pour lui faire des observations.

« L'instituteur répondit respectueusement à M. le maire qu'en faisant réciter la prière aux enfants et en les conduisant à la messe, il se conformait à la loi et aux règlements. Pour la communion, c'était un fait appartenant à sa conscience et à sa vie privée.

« — Monsieur le maire, finit-il par dire, je vais vous parler en toute sincérité. Chacun sent ses forces ; n'est pas philosophe qui veut ; l'état d'instituteur est bien pénible : je vous avouerai que je n'aurais pas assez de courage pour remplir les devoirs de ma profession, si je n'étais encouragé et soutenu par mes convictions religieuses. »

« Hein ? dit le père la Luzerne, comment trouvez-vous cet instituteur laïque, monsieur Jean Grange ?

— Je trouve, répondis-je, que c'est un homme de cœur et un homme d'esprit. Ces instituteurs chrétiens ne manquent pas, et le conseil municipal de la Giraudière n'est pas le seul à avoir été trompé. La religion a presque autant gagné depuis vingt ans dans le corps des instituteurs primaires que dans l'armée. Ceux qui demandent l'instruction laïque, espérant l'instruction impie et athée, sont plus loin de compte qu'ils ne croient. La loi, il faut l'espérer, empêchera toujours que l'athéisme entre dans nos écoles primaires ; mais la conscience chrétienne de chaque instituteur et de chaque institutrice l'empêchera encore mieux.

— Les parents aussi l'empêcheront, monsieur Jean Grange, dit le père la Luzerne. Pour mon compte, j'aimerais mieux lâcher mes petits-fils dans les bois que de les envoyer aux écoles sans Dieu.

« Je ne suis pas seul, je vous prie de le croire. Il y a en France des millions de parents qui peuvent bien négliger leurs devoirs religieux, mais qui veulent de la religion pour leurs enfants. Seulement, comme ils crient moins qu'un millier de braillards libres penseurs, MM. les conseillers municipaux les oublient un peu. Patience! ces parents-là finiront par réclamer haut et ferme, ainsi que c'est leur droit et leur devoir.

« Mais voilà deux heures : il est temps d'aller voir comment se comportent mes bœufs ; excusez-moi donc, monsieur Jean Grange. »

Le vieux paysan termina l'entretien comme il l'avait commencé, en me donnant une cordiale poignée de main par-dessus le buisson.

II

Les impies qui refusent de croire au dogme de la résurrection des corps n'ont donc jamais vu, aux premiers jours du printemps, refleurir, reverdir, ressusciter un buisson? Il y a là plus qu'une comparaison et qu'un symbole : il y a une vraie preuve. Celui qui possède assez de puissance pour rendre la sève aux branches flétries et glacées par l'hiver, en aura assez pour restituer la vie aux ossements des tombeaux. L'accoutumance seule nous empêche de voir cela, ainsi qu'une foule d'autres miracles que le bon Dieu fait tous les jours sous nos yeux.

Telles étaient quelques-unes des réflexions que je faisais, par une magnifique journée d'avril, dans le petit berceau de clématites et de chèvrefeuilles situé à l'angle sud-est de mon jardin, et près du buisson qui sépare mes domaines de ceux du père la Luzerne. Qu'il était joli, mon buisson! Je dis mon buisson, parce qu'il m'appartient à moi tout seul. Quelle que soit l'amitié qui me lie avec mon voisin, nous plaiderions s'il réclamait la mitoyenneté ; mais il n'y a pas de danger : il connaît trop bien ses droits et les miens.

Le mois d'avril n'est pas, dans le centre de la France, la plus jolie saison de l'année; seulement au sortir de l'hiver nous apprécions mieux le soleil, la verdure, les fleurs et le chant des oiseaux. C'était donc avec des yeux ravis que je contemplais ma haie. L'aubépine, dont elle est composée presque en entier, avait de gros bourgeons prêts à éclater ; les cerisiers, les poiriers et quelques pommiers qui s'y trouvent étaient en pleine floraison; violettes et primevères foisonnaient partout; deux nids venaient de recevoir le dernier coup de bec, et n'attendaient plus que les œufs et la couveuse. J'ai vu bien des buissons au mois d'avril, mais je ne crois pas en avoir vu de comparables au mien.

La température était si douce, que je m'endormis sous mon berceau. Il devait y avoir un quart d'heure que je sommeillais, lorsqu'une voix bien connue me réveilla.

« Dormez-vous, monsieur Jean Grange ?

— Pourquoi, père la Luzerne?

— Parce que, si vous ne dormiez pas, je vous demanderais une explication.

— Demandez, voisin, demandez. Vous me rendez service en me réveillant : c'est bien assez de dormir la nuit, sans fainéanter encore durant le jour.

— Figurez-vous, dit le vieux paysan, que je suis allé hier, pour affaires, chez Langlois l'huissier. Mon affaire conclue, Langlois, qui est un peu cousin de ma femme, voulut absolument que j'acceptasse à dîner à la fortune du pot. J'avais bien envie de refuser. Je connais la fortune du pot de Langlois. On mange, chez le cousin de ma femme, de quatre ou cinq plats; on boit du rouge et du blanc, du nouveau et du vieux; après quoi on s'égosille à politiquer. L'huissier insista tellement, que je fus forcé de dire oui. Nous étions six à table : Mme Langlois, Mlle Langlois, M. Langlois, Gobelet le maquignon, le petit Sautereau et votre serviteur. Les choses allèrent assez bien jusqu'au dessert; en ce moment, les dames étant parties, on commença à politiquer. De la politique on passa à la religion, et c'est alors qu'il s'en dit de belles.

« Vous comprenez, monsieur Jean Grange, que les discours de Langlois, de Gobelet et de Sautereau ne me firent pas grande impression. Ce n'est pas à soixante et dix ans qu'on change. Chrétien j'ai vécu, et chrétien je mourrai, moyennant la grâce de Dieu. Pourtant je ne serais pas fâché que vous me fissiez toucher du doigt la fausseté et l'injustice des reproches que ces messieurs adressent à l'Église.

— Je ne demande pas mieux, répondis-je, que de

vous éclairer selon mes faibles lumières. Voyons, qu'est-ce que ces messieurs reprochent à l'Église?

— Ils l'accusent, dit le père la Luzerne, d'empiéter et d'usurper sur les droits de l'État et des gouvernements : ce qui oblige la Prusse, la Suisse et d'autres pays à se défendre. Il fallait entendre Gobelet s'écrier : « Le pape, les évêques et les curés ne sont jamais satisfaits; laissez-les prendre un pied chez vous, et ils en prendront dix, cinquante, cent. »

— Propos en l'air que tout cela, répondis-je. Il est visible que Gobelet a oublié son catéchisme, et qu'il lit les journaux radicaux et impies. L'Église étant éclairée du Saint-Esprit et infaillible dans la personne de son chef, elle ne peut empiéter ni usurper sur personne. Elle se borne à conserver et à défendre les lois qu'elle tient de Jésus-Christ, et qui lui sont nécessaires pour l'accomplissement de sa mission divine. C'est l'autorité civile, c'est l'État, ce sont les gouvernements qui empiètent et usurpent sur le pouvoir spirituel. Ils l'ont fait dans tous les siècles, mais ils le font aujourd'hui avec une audace effroyable. Heureusement la parole de Dieu demeure. Quelque puissantes que soient les nations qui persécutent aujourd'hui l'Église, elles ne le sont pas autant que l'enfer : or Dieu a promis que les portes de l'enfer ne prévaudraient pas contre son Église. Il a assuré à Pierre et aux apôtres, c'est-à-dire aux papes et aux évêques, qu'il sera avec eux jusqu'à la fin des siècles : il ne les abandonnera donc pas. La tempête terrible qui agite l'Église ressemble à celle qui secouait la barque de saint Pierre sur le lac de Génésareth. Jésus dort aujourd'hui comme il dormait alors. Mais nous savons que la prière le réveille. Nous prierons ; Jésus se réveillera, il dira un mot, et le vent tombera ; les flots s'apaiseront, et il se fera une grande tranquillité. Voyez-vous, voisin, l'erreur de Langlois, de Gobelet, de Sautereau et de tant d'autres vient de ce qu'ils ne comprennent pas la nature et le caractère de l'Église. Ils se figurent que l'Église catholique est un des rouages de l'État comme l'armée, par exemple, ou la magistrature, ou l'instruction publique : pas du tout. L'Église est une institution fondée immédiatement et directement par Dieu. Le pape, les évêques, les curés ne sont pas des fonctionnaires civils ; ce sont les ministres de Jésus-Christ, chargés par lui d'enseigner le dogme et la morale, et d'administrer les sacrements. Celui qui les écoute écoute Jésus-Christ, et celui qui les méprise le méprise. Ils ont les clefs du royaume des cieux : tout ce qu'ils lient ici-bas est lié là-haut ; tout ce qu'ils délient est délié. Non seulement l'État n'a pas le droit de les empêcher de remplir leur mission ; mais il a, jusqu'à un certain point, le devoir de les aider. Heureux le peuple chez lequel le pouvoir temporel et le pouvoir spirituel, l'État et l'Église, se prêtent un concours mutuel ! M. Langlois et ses convives peuvent ne pas croire ces choses ou ne pas les comprendre : ça ne les empêche pas d'être vraies.

— Merci, monsieur Jean Grange, dit le père la Luzerne. Je savais en gros ce que vous venez de me dire, pourtant j'avais besoin que quelqu'un me le débrouillât et me le rappelât. Dites-moi maintenant ce que vous auriez répondu à Gobelet, si, comme moi, vous l'aviez entendu répéter sans cesse :

2*

« Rendez à César ce qui appartient à César ! »

— Je lui aurais dit : Monsieur Gobelet, vous citez là un passage célèbre de l'Évangile; mais il faut le comprendre. Par ces paroles, Jésus-Christ ordonne d'obéir à César, c'est-à-dire au chef de la nation, que ce chef soit empereur, roi, consul ou président de république. C'est ce qu'ont fait, que font et que feront toujours les vrais catholiques. Ils rendent à César ce qui lui appartient : le respect, l'impôt, la milice. Ce ne sont pas eux qui font les émeutes et les révolutions. Consultez les registres des percepteurs, vous verrez si ce sont les gens qui vont à l'église ou ceux qui vont au cabaret qui sont en retard pour payer l'impôt foncier, la patente, la cote mobilière, personnelle, et le reste. Interrogez les officiers qui ont fait la dernière guerre : ils vous diront que les meilleurs soldats furent les meilleurs chrétiens, et que si l'héroïsme fut rare, c'est que la sainteté n'abondait pas. Comment peut-on dire que les catholiques refusent au pouvoir temporel ce qui lui est dû, lorsqu'on voit les zouaves pontificaux obéir au césar Gambetta? Ils ne refusent aux gouvernements que ce que la conscience chrétienne défend de leur accorder, parce que l'Évangile, après avoir dit : « Rendez à César ce qui est à César, » ajoute : « et à Dieu ce qui est à Dieu. » Il sied bien à des révolutionnaires comme Langlois, Gobelet et Sautereau, de prêcher à l'Église catholique l'obéissance et la soumission ! Je parierais qu'ils désobéissent, eux, à l'autorité civile toutes les fois qu'ils y trouvent leur intérêt et qu'ils le peuvent.

— Vous pouvez en être sûr, monsieur Grange,

répondit le père la Luzerne. Pas plus tard que samedi dernier, Langlois a fraudé la régie de ses droits sur deux barriques de vin; Gobelet a fait, au vu et au su de la commune, des injustices et des bassesses pour dispenser son fils du service militaire; quant à Sautereau, c'est un franc-maçon et un affilié de l'Internationale qui passe sa vie à comploter et à conspirer.

— Tous ces libres penseurs, dis-je, sont partout les mêmes. S'il n'y avait que des Français de leur espèce, notre malheureuse patrie ne serait plus malade, parce qu'elle serait morte et enterrée. Heureusement on y trouve des chrétiens qui, rendant d'abord à Dieu ce qui est à Dieu, n'ont pas de peine à rendre à César ce qui lui appartient.

— Laissez-moi, dit le vieux paysan, rencontrer Langlois, Gobelet et Sautereau, et je vous les arrangerai de la bonne façon s'ils recommencent à insulter devant moi la religion et l'Église.

— Je ne vous conseille pas, voisin, d'engager des discussions avec ces gens-là. Le dernier mot, aujourd'hui, est aux insolents et aux braillards. Laissez-les dire et continuez d'agir au lieu de parler, de donner de bons exemples au lieu de pérorer et de politiquer. C'est bien assez que les gens de plume comme moi perdent leur temps, leur encre et leur papier sans que d'honnêtes laboureurs aillent gagner des rhumes et des enrouements à prêcher dans le désert. Dieu ne vous a pas chargé de convertir les libres penseurs, mais de les nourrir. Continuez de produire le pain, le vin et la viande. De la sorte vous imiterez le bon Dieu, qui fait luire son soleil sur les bons et sur les méchants.

« A propos de soleil, celui d'aujourd'hui est bien chaud.

« Adieu, voisin, je rentre chez moi. Il faut se défier des chaleurs printanières lorsqu'on est, comme moi, plus homme de cabinet qu'homme des champs. »

III

Il nous était si facile, au père la Luzerne et à moi, de causer de toutes sortes de choses par-dessus la haie qui sépare nos deux jardins, que nous n'allions quasi jamais l'un chez l'autre.

Je fus donc surpris de voir mon voisin entrer un soir dans mon cabinet de travail, au moment où j'écrivais un article pour l'*Ouvrier*.

Le fermier venait me demander un conseil.

« Vous savez, me dit-il, que ma fille cadette s'est mariée, à Rochenoire, avec un fermier nommé Morin. Mon gendre a travaillé beaucoup, et Dieu a béni son travail. Actuellement les Morin ont une grande aisance. Aussi l'idée est-elle venue à mon gendre de placer sa dernière fille au couvent des ursulines de Limoges. Il n'a rien voulu faire sans me demander mon avis. Je vous avoue que je suis embarrassé pour le conseiller. Faut-il laisser Mariette chez l'institutrice de Rochenoire, qui a élevé ses sœurs ? Faut-il la mettre en pension chez les ursulines ? Je n'en sais vraiment rien. Qu'en pensez-vous, monsieur Jean Grange ?

— Avant de vous répondre, dis-je au père la Luzerne, j'ai besoin de connaître quelques détails. Combien votre gendre a-t-il d'enfants?

— Cinq : deux garçons et trois filles.

— Et vous dites qu'ils ont été instruits et élevés à Rochenoire?

— Oui ; les deux filles chez l'institutrice, et les deux garçons chez l'instituteur. Louise, Marie, Pierre et Jean savent parfaitement lire, écrire et compter; mais c'est tout.

— Très bien. Votre gendre a une fille et un fils qui sont déjà mariés. Quelle dot a-t-il donnée à chacun d'eux?

— Six mille francs ; mais ces jours derniers il a ajouté quatre mille francs; et chacun des enfants qu'il a encore à marier aura désormais dix mille francs de dot.

— Je vous remercie, dis-je, père la Luzerne ; maintenant je puis vous conseiller en pleine connaissance de cause. Si j'étais à la place de votre gendre, je garderais ma fille chez moi, et je lui donnerais l'instruction et l'éducation que ses frères et ses sœurs ont reçues. »

Je vis bien que le vieux fermier souhaitait des raisons à l'appui de ce sentiment ; je me hâtai donc de les donner.

« Voyez-vous, dis-je, si votre petite-fille est placée chez les ursulines, ces dames, naturellement, lui feront quitter le costume de son village pour celui de leur pensionnat. Avec un chapeau, des bottines et une ombrelle, Mariette se regardera et sera regardée comme une demoiselle. Je suis convaincu

qu'elle sera toujours bonne fille et ne rougira pas de
son grand-père lorsqu'il ira la voir au parloir du
couvent ; mais fût-elle une sainte et eût-elle de l'esprit comme un ange, sa nouvelle éducation, son nouveau costume, une foule d'autres choses porteront je
ne sais quelle gêne dans ses relations avec sa famille.
Ira-t-elle à l'étable traire les vaches pendant les vacances, vêtue en demoiselle ? Si elle n'y va pas, que
diront ses sœurs ?

« Il n'y a pas longtemps, un honorable juge de
paix, fils d'artisans, me racontait combien il avait
souffert, durant toute sa jeunesse, de la froideur que
lui témoignaient ses frères, ses sœurs, ses cousins et
ses voisins. Ces boulangers, ces cordonniers, ces tail-
leurs, ces couturières, ces modistes, le trouvaient fier
et orgueilleux parce qu'il étudiait le latin et le droit,
qu'il parlait correctement le français et ne goûtait pas
les grosses plaisanteries du cru.

« Vous me direz que quelques années de jeunesse
sont bientôt passées, et que votre petite-fille profitera
toute sa vie de l'instruction et de l'éducation distin-
guées qu'elle aura reçues : je n'en sais trop rien. Je
crains fort, par exemple, que son costume et ses goûts
de demoiselle ne soient nuisibles plutôt qu'utiles à
son mariage. Dix mille francs, qui sont une magnifique dot pour une jeune paysanne, sont très peu de
chose pour une bourgeoise. Avec ses chapeaux, Mariette
pourrait bien coiffer sainte Catherine, ou se marier
tard et mal. Je pourrais appuyer ces réflexions de nombreux exemples, mais je m'arrête.

« Vous avez voulu mon avis, je vous le donne.

— Alors, dit le père la Luzerne un peu piqué,

l'instruction et l'éducation sont de mauvaises choses, et il faut que les enfants des paysans restent paysans *ad vitam æternam?*

— Je ne dis pas cela. La roue de la fortune porte à chaque instant au sommet ceux qui étaient en bas, et en bas ceux qui se trouvaient au sommet. Rien n'est plus juste, et rien aussi n'est plus fréquent que de voir des paysans et des ouvriers devenir propriétaires, capitalistes et bourgeois. Seulement il faut d'ordinaire plusieurs tours de roue, c'est-à-dire plusieurs générations. Il me semble que votre père n'avait pas l'aisance que vous avez?

— Non, vraiment, répondit-il; mon père était domestique, et j'ai été moi-même, jusqu'à vingt-cinq ans, valet de charrue.

— Alors c'est un premier tour de roue que celui qui vous a porté à l'aisance; c'en est un second que celui qui a mené vos enfants à une aisance plus grande. Il en faut, à mon avis, un troisième pour que vos petits-fils et vos petites-filles entrent dans la bourgeoisie. Actuellement, c'est trop tôt. Élevez Mariette comme ses sœurs; mariez-la à un homme de sa condition, et, si Dieu la bénit, elle fera souche de bourgeois solides. »

J'ajoutai d'autres réflexions qui parurent convaincre le père la Luzerne. Il m'assura qu'il allait écrire à son gendre pour lui conseiller de garder Mariette à Rochenoire.

Morin n'écouta pas le conseil de son beau-père, puisque nous apprîmes, à la fin du mois, que sa plus jeune fille était chez les ursulines.

Ayant eu occasion, à quelque temps de là, d'aller

à Limoges, je portai à cette jeune fille quelques provisions de la part de son grand-père. Elle me parut douce, modeste, et très gênée dans son nouveau costume, qui lui allait beaucoup moins bien que ses habits de riche campagnarde.

Dieu veuille que j'aie été mauvais prophète et que tous ces braves gens n'aient jamais lieu de regretter la détermination qu'ils ont prise !

Si cela arrive, ils auront eu plus de bonheur qu'une vingtaine de paysans et d'ouvriers que j'ai vus retomber dans la gêne pour avoir voulu s'élever trop tôt et trop vite au rang de bourgeois.

J'ai traité au long ce thème dans un de mes livres intitulé : *La Pierre philosophale ;* je n'en dirai donc pas davantage.

Laissons grandir Mlle Mariette Morin. Dans cinq à six ans d'ici, si je suis encore de ce monde, je raconterai aux lecteurs de *l'Ouvrier* les résultats heureux ou malheureux de l'éducation distinguée que M. Morin faisait donner à sa fille.

IV

Les petits-fils du père la Luzerne lui donnaient plus d'inquiétude que ne lui en avaient donné ses enfants. Le fermier n'avait jamais eu de doutes ni d'hésitations sur la vocation de ses rejetons directs. Les garçons devaient labourer, semer, moissonner, faucher ; les filles, cuire le pain, lessiver le linge, filer, coudre. Grâce à l'éducation moins campagnarde qu'ils avaient reçue, les petits-fils du vieux fermier révélaient des goûts et des aptitudes qui causaient au père la Luzerne plus d'étonnement que de joie.

« Savez-vous, voisin, me dit-il, ce qui m'arrive ?

— Non, voisin ; mais j'espère que ce n'est rien que d'heureux.

— Hum ! fit-il, c'est au moins quelque chose d'extraordinaire. Barthélemy, le second fils de ma fille aînée, veut à toute force s'engager dans l'état militaire, quoiqu'il n'ait pas l'âge de tirer à la conscription. Quant à son frère Pierre, qui a quinze ans et auquel son curé s'est amusé à apprendre un peu de latin, il supplie jour et nuit ses parents de le placer au petit séminaire, son intention étant, dit-il, d'être prêtre. Je vous le dis tout net, j'aimerais autant que ces enfants bornassent leur ambition à cultiver la grande et belle ferme prise à bail par leur père.

— Peut-être, en effet, cela vaudrait-il mieux pour leur tranquillité et leur bonheur.

— N'est-ce pas ? J'ai écrit dans ce sens à mon gendre et à ma fille. Ils m'ont répondu par une longue lettre qui me donne à réfléchir. Il paraît que Barthélemy et Pierre pleurent de regret de voir que leurs parents s'opposent à leur vocation. Barthélemy fait l'exercice tout seul avec un vieux fusil, et ne parle que des humiliations de la France et de l'obligation de se préparer à la revanche. Pierre n'a pas de plus grand bonheur que de servir la messe, de chanter au lutrin et de catéchiser les têtes dures de l'école. Les choses en sont venues à ce point que M. le curé de Saint-Magloire a dit à ma fille et à mon gendre qu'ils s'exposent à contrarier la volonté de Dieu en contrariant les désirs de Pierre. M. des Ormeaux, le commandant en retraite, en dit quasi autant au sujet de Barthélemy, qui a, prétend-il, l'étoffe d'un officier supérieur. Vous voyez qu'il y a de quoi me faire réfléchir.

— Oui, et la chose est plus sérieuse que je ne pensais. A la place des parents de Barthélemy et de Pierre, je laisserais ces jeunes gens aller où Dieu semble visiblement les appeler. L'Église a besoin de prêtres, et la France de soldats. Pourtant (ne serait-ce pas un signe de décadence?) jamais les vocations ecclésiastiques et les vocations militaires n'avaient été aussi rares dans notre pays. Cela vient de ce qu'il faut, au séminaire et à la caserne, de l'abnégation, du sacrifice, de l'obéissance : autant de vertus qui sont peu du goût de notre temps. Voilà pourquoi moins que jamais les familles doivent contrarier les goûts ecclésiastiques et les goûts militaires de leurs enfants, lorsque ces goûts semblent sérieux.

— Vous conseillez donc à mon gendre et à sa femme de mettre Pierre au petit séminaire, et de laisser Barthélemy prendre du service ?

— Toute réflexion faite, je n'hésiterais pas à leur donner ce conseil.

— Ils n'auront guère de peine, je crois, pour Pierre, car enfin l'état de prêtre est peu pénible et honorable. Il en sera autrement pour Barthélemy. Combien de temps ne faudra-t-il pas à ce jeune homme pour arriver, s'il y parvient, à l'épaulette de sous-lieutenant! En attendant, que de misère n'aura-t-il pas à endurer !

— Les troupiers ne sont pas, en effet, sur un lit de roses, et il est certain qu'en s'engageant votre petit-fils embrasse une carrière pénible. Mais vous avez tort de croire que celle de Pierre soit plus facile. Il est passé, s'il a jamais existé, le temps où la vie des prêtres était honorée et tranquille. Actuellement le prêtre, quelle que soit sa position, est un des hommes qui ont le plus de tribulations. La calomnie, nuisible à tous, est mortelle pour le prêtre : or il est environné d'ennemis et de jaloux. Son ministère, si précieux, si sacré, est traité de fanatisme par les uns, de charlatanisme par les autres. Quant à sa situation matérielle, elle est d'une médiocrité qui touche très souvent à la gêne. Malgré les apparences, soyez sûr que, s'il se fait prêtre, Pierre sera le moins aisé de ses frères. Je ne parle pas des devoirs du prêtre : ils sont si nombreux, si délicats, si difficiles, qu'un grand et saint évêque a écrit qu'ils constituent une charge capable de faire ployer les ailes même d'un ange.

— Vous m'étonnez un peu, monsieur Jean Grange.

— Et moi, je ne suis pas surpris de votre étonnement. Quoique vous soyez en bons termes avec votre curé, vous ne le voyez qu'en passant ; d'ailleurs, l'abbé Robert est dans une de ces rares paroisses où s'est conservé l'esprit de foi. Si, comme moi, vous connaissiez dans l'intimité plusieurs prêtres, vous sauriez que je n'exagère pas en parlant comme je le fais de la situation des ministres de l'Église à notre époque. Que votre gendre et votre fille ne s'opposent donc point à la vocation de leur fils ; mais, lorsqu'il faudra passer du petit séminaire au grand sémi-

naire, surtout lorsque l'heure sonnera de s'engager
dans les ordres sacrés, que Pierre soit averti par ses
parents de la gravité des obligations qu'il se dispose
à contracter. Un soldat peut quitter son régiment à
l'expiration de son congé; un officier peut, en temps
de paix, donner sa démission : les engagements du
prêtre ne finissent qu'avec la vie. Encore m'exprimé-je
mal, car le prêtre est prêtre au delà de la tombe et
pendant l'éternité.

— Merci, monsieur Jean Grange, répondit le père
la Luzerne. Si Dieu me donne encore quelques années
de vie, je vous promets que Pierre ne sera prêtre qu'à
bon escient. Qui m'eût dit que j'aurais fait souche
d'un prêtre et d'un officier! Depuis deux cents ans,
il n'y a eu que des laboureurs dans la famille de ma
femme et dans la mienne.

— C'est sans doute pour récompenser ces humbles
et utiles travailleurs que Dieu choisit dans votre race
un prêtre et un soldat volontaires ; car, ne vous y
méprenez pas et n'interprétez pas mal mes paroles:
la vocation militaire est un honneur, et la vocation
ecclésiastique un honneur et une bénédiction pour
les familles. »

V

« Monsieur Jean Grange, me dit le père la Luzerne,
voyez ce qu'on distribuait gratis aux paysans à la dernière foire de Saint-Gautier. »

Et le vieux fermier me tendit, par-dessus le buisson, deux petites brochures.

« Je n'en voulais pas, continua-t-il, devinant à la

mine des distributeurs que c'étaient de mauvais papiers ; mais on me les a glissés dans la poche : pour lors, il a bien fallu les garder. »

Les deux brochures dont parlait le vieux fermier avaient pour titre, la première : *Les Paysans avant 89*, et la seconde : *Les Paysans après 89*. Elles appartiennent à cette masse de productions malsaines répandues dans nos campagnes pour les républicaniser et les déchristianiser.

« Je connais cela, dis-je au père la Luzerne ; c'est mauvais au premier chef. Est-ce que vous avez lu ces brochures ?

— Oui, dit-il en rougissant un peu, histoire de passer la veillée. Vous comprenez qu'à mon âge ce ne sont pas quelques feuilles de papier noirci qui me feront changer de croyances et d'opinions. J'ai vécu catholique et royaliste ; royaliste et catholique je mourrai, à moins que je ne vienne à perdre la tête : ce qui n'est pas probable, les la Luzerne gardent leur bon sens jusque dans l'extrême vieillesse. Par exemple, j'ai eu soin de ne pas laisser ces petits livres à la portée des enfants et des domestiques.

— Vous avez bien fait ; mais vous auriez agi plus sagement en vous abstenant de les ouvrir. Les mauvais livres sont dangereux à tout âge. J'ai connu un vieux et savant prêtre qui, obligé de lire, pour les combattre, des ouvrages impies et hérétiques, interrompait cette lecture par de nombreux signes de croix.

— Moi, dit le père la Luzerne, je me suis contenté de hausser fréquemment les épaules. Il faut que ces radicaux de Paris croient les paysans bien stupides 'pour espérer qu'ils avaleront leurs bourdes. Figurez-vous qu'une de ces brochures raconte que les anciens seigneurs avaient coutume de dire : « Le paysan est à moi ; j'ai le droit de le bouillir ou de le rôtir. » Il n'y a pas de féodalité, de vasselage et de servage qui tiennent, on n'a jamais bouilli ni rôti des chrétiens sur la terre de France, si ce n'est à l'époque des persécutions païennes ; n'est-ce pas, monsieur Jean Grange ?

— Certainement, voisin.

— Dans un autre endroit, la brochure raconte, avec force lamentations, que les comtes et les barons avaient le droit de haute et basse justice sur leur terre, et qu'ils pouvaient emprisonner et pendre leurs vassaux. Après ? qu'est-ce que cela fait que la prison ou le gibet soient au chef-lieu du canton ou au chef-lieu du département ? L'essentiel c'est qu'on n'emprisonne que les voleurs et qu'on ne pende que les assassins. J'imagine qu'il en a été toujours ainsi, sauf les cas d'erreur et de méchanceté possibles dans tous les temps. »

J'admirais le bon sens du fermier. Il faudrait propager les mauvais livres, s'ils ne produisaient que des impressions semblables.

« N'avez-vous pas été frappé par quelque autre passage ? dis-je à mon voisin.

— Si, répondit-il, la brochure a l'air de dire qu'il n'y avait guère que les nobles et les prêtres qui possédassent la terre avant 89. Ça doit être une fausseté. Le territoire français est trop grand pour que les bourgeois et même les paysans n'en eussent pas plus d'un lopin. Vous connaissez les Mauroux de la Rocheaux-Chèvres ? M. le notaire de Saint-Savin me disait récemment que le domaine des Mouillères était dans leur famille depuis trois cents ans : pourtant les Mauroux ont été de père en fils agriculteurs et paysans. C'est comme la dîme : il fallait que cet impôt fût lourd et gênant, car, je vous le dis, monsieur Jean Grange, son souvenir n'est pas en bénédiction dans nos campagnes; mais, puisque la dîme est morte, enterrée, et qu'elle ne ressuscitera jamais plus, rien ne nous empêche de convenir qu'il y a d'autres impôts qui ne sont pas beaucoup plus aimables. S'il est dur de donner une gerbe de blé sur dix, payer pour l'air qu'on respire est bien un peu extraordinaire : pourtant l'impôt des portes et fenêtres subsiste toujours. La brochure blâme avec raison la sévérité des anciennes lois sur la chasse. Il paraît qu'elle condamnait aux galères un homme qui avait tué une pièce de gibier sur le terrain du seigneur. A Dieu ne plaise que je blâme ou critique les lois d'aujourd'hui; mais enfin j'ai vu, aux assises de Poitiers, condamner à plusieurs années de prison un homme qui avait volé un lapin dans certaines circonstances définies par le code criminel. Il y a bien des sornettes et des calomnies dans les brochures qu'on distribuait gratis à la foire de Saint-Gautier.

— En effet, mon cher voisin. Que de phrases pour dire que la situation matérielle des paysans s'est améliorée depuis quatre-vingts ans environ ! Ce n'est pas 89 qui a fait cela : ce sont les progrès de l'agriculture, la création des routes départementales, vicinales, et l'invention des chemins de fer. Ainsi qu'on l'a dit, la révolution a été une sanglante

inutilité. Tous les progrès modernes seraient arrivés
sans elle. Ils n'en auraient été que plus purs, plus
complets et plus durables. Si les paysans d'avant 80
avaient été aussi malheureux que le prétend la brochure, ils ne se seraient pas fait tuer en Vendée, en
Bretagne, en Anjou, en Normandie et ailleurs pour
défendre l'ancien régime. Ils n'auraient pas montré
sur tant de points un dévouement si grand à leurs
anciens seigneurs. Ce ne sont pas les habitants des
chaumières qui ont incendié les châteaux en 93 ;
c'est l'écume des villes. Comment ces paysans, qu'on
nous représente comme vivant d'herbages plutôt que
de pain, ont-ils pu produire ces deux millions de ro-
bustes et infatigables soldats, qui ont porté si loin,
pendant vingt ans, le drapeau tricolore ? Les mobiles
et les mobilisés de 1870, quoique en grande partie
paysans, et paysans d'après 89, ne feront pas dans
l'histoire la figure qu'y font leurs grands-pères et
leurs arrière-grands-pères, nés et élevés sous l'ancien régime.

« Ceux qui aujourd'hui labourent, sèment et mois-
sonnent, sont en général mieux vêtus, mieux nourris
et mieux voiturés qu'autrefois, c'est vrai : sont-ils
plus heureux ? C'est fort douteux, ou plutôt ça ne
l'est pas. La gaieté française se perd ; elle est même
perdue. Or il me semble que si l'on est moins gai
c'est qu'on est moins heureux.

— Vous avez raison, répliqua le fermier ; il y a
cinquante-deux ans que je perdis mon grand-père,
lequel mourut à quatre-vingt-huit ans : c'était donc
un paysan d'avant 89. Eh bien ! il était plus gai et
plus heureux que les nombreux rejetons dont il fut

la souche. Il était aussi plus robuste, plus doux et plus pieux. Je l'ai vu tirer à lui seul une charretée de foin ; il ne jurait jamais, et entendait la messe quasi chaque jour ; tenez, monsieur Jean Grange, il n'y a qu'un mot qui serve : les paysans d'avant 89 étaient-ils meilleurs chrétiens que ceux d'aujourd'hui ? Oui, évidemment ; pour lors, les brochures ont tort de les plaindre et de nous vanter. »

Malheureusement tout le monde ne sait pas, comme le père la Luzerne, apprécier les brochures à leur juste valeur. Beaucoup acceptèrent leurs calomnies et leurs inepties. Ils furent frappés surtout d'une citation de la Bruyère, un illustre écrivain du siècle de Louis XIV.

« On voit, dit la Bruyère, certains animaux fa-
« rouches, des mâles et des femelles, répandus par
« la campagne, noirs, livides et tout brûlés par le
« soleil, attachés à la terre qu'ils fouillent avec une
« opiniâtreté invincible ; ils ont comme une voix ar-
« ticulée, et quand ils se lèvent sur leurs pieds ils
« montrent une figure humaine, et, en effet, ils sont
« des hommes. Ils se retirent la nuit dans des ta-
« nières où ils vivent de pain noir, d'eau et de
« racines ; ils épargnent aux autres hommes la
« peine de semer, de labourer et de recueillir pour
« vivre, et méritent ainsi de ne pas manquer de ce
« pain qu'ils ont semé. »

Cette peinture des paysans du XVIIe siècle est une charge, et non un portrait. Des auteurs contemporains de la Bruyère ont représenté les habitants des campagnes de la France sous les couleurs les plus riantes, et ils ont, eux aussi, exagéré. Les paysans vivant sous le règne de Louis XIV n'étaient pas plus noirs et livides qu'ils n'étaient roses et enrubannés. Ils vivaient, comme les cultivateurs de tous les temps, à la sueur de leur front et du travail de leurs mains ; ou aisés, ou pauvres, ou misérables, selon les lieux, les saisons, la paix, la guerre, l'augmentation ou la diminution des impôts.

Il suffit d'examiner d'un peu près le texte en question pour découvrir l'exagération et la charge.

Ces termes « d'animaux farouches, mâles et femelles », qui ont « comme une voix articulée », qui montrent « une face humaine lorsqu'ils se lèvent sur leurs pieds, et qui se retirent la nuit dans des tanières », ces termes, dis-je, seraient trop forts, employés à dépeindre les Groënlandais et les Hottentots. On n'était pas aussi sauvage que cela en France à l'époque la plus brillante de notre histoire. La Bruyère, qui habitait le palais de l'illustre famille des Condés, a pu trouver misérables les demeures des paysans ; mais ce n'est pas une raison pour transformer ces chaumières en tanières, et leurs habitants civilisés et baptisés en mâles et femelles d'animaux farouches.

J'expliquai plus au long tout cela au père la Luzerne.

« Mon cher voisin, lui dis-je, il ne faut pas plus prendre à la lettre ce passage de la Bruyère que nos descendants ne devront prendre à la lettre la description de la misère des ouvriers qu'ils trouveront dans certains écrits de notre époque. Si la condition des classes laborieuses s'améliore, ce que je souhaite e toute mon âme, ceux qui liront dans cent ans d'ici le récit de nos grèves et de nos chômages compareront les ouvriers du XIXᵉ siècle aux serfs du moyen âge et même aux esclaves de la Grèce et de Rome : ils auront tort, vous le savez. »

Je finis par une réflexion capable, je crois, de frapper les lecteurs des brochures : « Il y a un impôt bien lourd payé par les paysans d'aujourd'hui, et dont ceux du siècle de Louis XIV furent exempts : c'est l'impôt du sang. On oublie trop que, sous nos anciens rois, il n'y avait guère que les nobles qui fussent obligés au service militaire. Les paysans n'étaient enrôlés sous les drapeaux que s'ils se laissaient séduire par les promesses des recruteurs de la milice. A la vérité, le cas n'était pas rare ; mais, en définitive, en fait de paysan, n'était soldat que qui voulait l'être. Avouez, mon cher voisin, que c'était là un privilège qui avait son prix.

— Oui, monsieur Jean Grange, et j'aurai soin de dire cela, à l'occasion, à ceux qui se sont laissé endoctriner par les brochures distribuées gratis, à la foire de Saint-Gautier.

— Vous ferez bien, quoique vous ne deviez guère espérer de les convaincre. Le faux est toujours cru plus facilement que la vérité. »

VI

Bien des événements ont eu lieu depuis dix-huit mois dans le gros bourg où nous demeurons, le père la Luzerne et moi. Longtemps Bassignac parut goûter cette pensée de Fénelon :

« Heureux les peuples qui n'ont pas d'histoire, »

et aussi ce vers, qui est de je ne sais plus quel
poète :

Pour vivre heureux, vivons cachés.

Bassignac était une localité modeste, silencieuse,
et dont on ne parlait pas plus que d'une fille bien
élevée. L'arrivée d'un nouveau préfet changea tout
cela. Les chevaux de la voiture de ce nouveau fonctionnaire prirent peur et firent un écart au milieu de
la principale rue. Ils avaient été effarouchés par une
bande de poules, de canards et d'oies barbotant et
picorant, selon la coutume, à l'intérieur de nos mu-
railles.

Sont-ce bien ces oiseaux inoffensifs de la basse-cour
qui effrayèrent les chevaux de M. le préfet ? N'était-ce
pas plutôt le cocher qui était gris ? Le cas n'a pas été
éclairci et ne le sera jamais probablement. Ce qui est
sûr, c'est que M. le préfet tança vertement le maire de
Bassignac, et l'obligea de défendre à la volaille de
stationner sur la voie publique.

Un commissaire de police, ancien officier et dé-
coré, fut envoyé du chef-lieu pour surveiller la
voirie de Bassignac. Il nous en coûta douze cents
francs, une grosse somme pour notre petit budget.
Hélas ! nous n'étions qu'au commencement d'une série
de dépenses folles.

M. le commissaire de police déclara qu'il lui était
impossible de répondre de l'ordre et de la sécurité
de la ville si le conseil municipal ne votait pas la
création de dix réverbères. La délibération fut longue
et orageuse au sein du conseil. Une forte minorité

refusa les réverbères, prétendant que c'était à chaque
citoyen à avoir sa lanterne.

Cependant la majorité l'emporta ; les réverbères
furent votés, fabriqués, posés et allumés.

Il y avait à peine deux mois que nous jouissions
de cet éclairage, lorsque le commissaire de police suggéra à M. le maire de construire des trottoirs dans
les principales rues de Bassignac.

L'opposition de certains conseillers municipaux
fut plus vive encore que celle qu'ils avaient mani-
festée contre les réverbères.

« Des trottoirs ! disaient-ils, à quoi bon des trottoirs ! Avec des sabots et des précautions, on pouvait
très bien se tirer des rues de Bassignac ; à ceux qui
voulaient des parquets cirés de les payer. »

Néanmoins les trottoirs se firent.

Le luxe appelle le luxe. Une ville enrichie de trottoirs et de réverbères peut-elle se contenter d'une
bicoque pour école communale laïque ? On vota
(toujours malgré une forte minorité) un grand et
beau bâtiment avec rez-de-chaussée, deux étages,
quinze croisées de façade et couverture d'ardoise à
quatre eaux. Le rez-de-chaussée devait servir de
salles d'école, le premier de mairie, et le second de
logement pour M. l'instituteur et sa famille. La
mairie, après s'être bien installée, laissait vacante
une vaste pièce : on l'érigea en salle de bal, dont le
besoin se faisait sentir.

L'éclairage, le pavage, la mairie, l'instruction pri-
maire et les salles de bal coûtent cher. Il fallut,
pour suffire à ces dépenses, établir un octroi à
Bassignac. Le vin, la viande, le bois, le foin durent

acquitter un droit avant de pénétrer dans nos murs. Le budget n'étant pas encore équilibré, force fut de taxer la volaille, les œufs, le beurre, le fromage, les fruits et les légumes. Alors Bassignac se révolta. Le maire chercha son salut dans une fuite prudente, et revint le lendemain précédé de toute la gendarmerie du canton.

Les Bassignacquois, vaincus mais non convaincus, eurent recours à la ruse. Ils se mirent à frauder le fisc sans vergogne. Ni procès-verbaux ni amendes ne les purent arrêter. Alors il arriva une chose qui paraîtra, au premier abord, singulière, mais qui, dit-on, est très commune. Tandis que ceux qui avaient voté l'éclairage, le pavage et l'école monumentale fraudaient l'octroi nécessaire à payer ces dépenses, les ennemis de toutes ces innovations acquittaient scrupuleusement les taxes établies par la municipalité.

Ce résultat avait été prévu et prédit par le maire de Bassignac.

« Laissez faire, avait-il dit, ce sont ceux qui ne veulent pas les réverbères qui les entretiendront de cordes, d'huile et de mèches. »

Le revenu de l'octroi se trouvant insuffisant, grâce aux fraudeurs, les taxes furent augmentées. La fraude redoubla donc d'habileté, et les honnêtes gens furent seuls à supporter les nouvelles taxes, comme ils avaient été seuls à porter les anciennes.

Cet état de choses devint si intolérable, que les honnêtes gens se demandèrent s'ils n'avaient pas, eux aussi, le droit de se soustraire aux charges de l'octroi.

« Monsieur Jean Grange, me dit un matin le père la Luzerne, je vous avoue que je suis fort tenté

d'imiter Mathurin Levacher, qui, la dernière nuit,
a introduit par fraude dans sa maison deux barriques de vin, un petit baril d'eau-de-vie et un porc
récemment tué. J'en ferais autant avec la plus grande
facilité. Les préposés de l'octroi ne se donneraient
même pas la peine de voir ce que peut contenir une
voiture appartenant au père la Luzerne, tant ce bonhomme est exact à payer les taxes. Qu'en pensez-
vous ?

— Je pense qu'il faut continuer à être bon homme
et à payer les taxes. C'est une obligation de conscience de payer les impôts directs et indirects.
Jésus-Christ a dit : Rendez à César ce qui appartient à César. — Saint Paul recommande expressé-
ment d'acquitter l'impôt et le tribut. Je sais bien
qu'en France on ne se fait pas scrupule de frauder
la régie, la douane et l'octroi; mais on a tort. C'est
là une pratique mauvaise et contre laquelle tous les
honnêtes gens devraient protester. Les fraudeurs ne
valent guère mieux que les voleurs. J'ai eu le plaisir
de dire cela, hier, à Mathurin et à quelques autres.
Si les honnêtes gens pensaient et parlaient de la
sorte, nos mœurs ne tarderàient pas à s'améliorer,
et il n'y aurait plus que les fripons avérés qui frau-
deraient le fisc. Un voyageur qui a longtemps habité
les États-Unis m'a raconté qu'il était inouï qu'un
citoyen américain ne payât pas rubis sur ongle toute
espèce d'impôts. Plusieurs vont jusqu'à se dénoncer
eux-mêmes lorsqu'ils ont été oubliés, ou qu'ils n'ont
pas été taxés en proportion de leur fortune ou de
leur commerce. Des catholiques et des Français ne
devraient-ils pas rougir de voir des protestants et

des Américains les surpasser en délicatesse de conscience ?

— Tout cela est très bien, répondit le père la Luzerne, et je crois, mon cher voisin, que vous n'avez pas tort. Pourtant il est dur de payer de grosses taxes dont les trois quarts des Bassignacquois se dispensent. »

Pour la première fois peut-être le vieux fermier ne s'en tint pas à ma décision. Il alla consulter M. le curé de Bassignac. Heureusement ce digne ecclésiastique fut de mon avis. Son éloquence, accompagnée de plusieurs textes latins, porta la conviction dans l'esprit du père la Luzerne, déjà fortement ébranlé, j'aime à le croire, par mes arguments.

Il paya en gémissant, mais enfin il paya les droits d'octroi pour plusieurs barriques de vin et autres matières imposées qu'il aurait pu facilement introduire en fraude.

Cet exemple, tout humble qu'il est, contribue pour sa part à prouver cette vieille thèse, obscurcie et même effacée par un tas de barbouilleurs de papier, à savoir que les meilleurs chrétiens sont les meilleurs citoyens.

Les curés ne sont pas des fonctionnaires ; mais, en admettant qu'ils le fussent, nuls fonctionnaires ne seraient plus utiles qu'eux. Je parle au civil et au temporel. Il n'y a pas de curé qui ne rende cent fois à l'État ce que l'État lui donne. S'il n'y avait en France ni églises ni prêtres, le budget des cultes serait fort diminué, je l'avoue ; mais les recettes des percepteurs et des receveurs généraux baisseraient dans des proportions effrayantes.

« Faites-moi, a dit quelqu'un, de la bonne politique, et je vous ferai de bonnes finances. » Il
vaudrait mieux dire : Faites-moi de la bonne religion, et je vous ferai de bonnes finances et de la
bonne politique.

Tout cela, pour avoir été pensé à Hassignac et dit
par-dessus le buisson de deux humbles jardiniers,
n'en est ni moins sérieux ni moins vrai.

VII

« Voisin, me dit, par-dessus le buisson, le père
la Luzerne, vous qui aimez le temps passé, vous auriez été content de moi si vous me l'aviez entendu
défendre avant-hier, à Saint-Gautier, au café de
l'Espérance.

— Encore une discussion, voisin !

— Je vous assure, répondit-il, que je ne l'ai pas
cherchée, au contraire. Je fuis comme la gelée du
printemps la politique et les politiqueurs ; mais plus
je les fuis et plus je les rencontre. On ne peut pas
entrer dans un lieu public, manger un morceau ou
se rafraîchir, sans rencontrer quelqu'un qui, insen-
siblement et malgré vous, vous en fait dire plus long
que vous n'aviez dessein. Avant-hier, par exemple,
je rencontrai à Saint-Gautier, au café de *l'Espérance*, un cordonnier, un tailleur et un boulanger,
des gens que je connais un peu ; la conversation,
après avoir commencé par la pluie, le beau temps et
le cours des grains, finit par s'échauffer : j'en suis
encore enroué ce matin.

3*

— Quelle est donc la vérité à laquelle ces messieurs prêtaient le secours de leur éloquence?

— Ils prétendaient qu'avant 89 tous les ouvriers français étaient dans l'esclavage, ou peu s'en faut. Ce n'est qu'à partir de 89 qu'ils ont obtenu la liberté, la dignité et l'aisance. Je les ai laissés dire d'abord ; mais ils ont ajouté tant d'autres sottises qu'à la fin la patience m'a échappé.

« — Pardon, ai-je dit à Maubert, le cordonnier, la preuve qu'avant 89 les ouvriers n'étaient pas sans liberté, sans dignité et sans aisance, c'est que votre grand-père, qui est mort en 1835, à l'âge de quatre-vingt-quatre ans, et que j'ai beaucoup connu, était libre, digne et aisé plus que vous, Maubert, sans vouloir vous faire tort.

« — Je ne dis pas le contraire, répondit Maubert, mais mon grand-père était une exception.

« — Point du tout. Au reste, laissons cela. Puisque les ouvriers de notre époque sont beaucoup plus heureux que ceux de l'ancien régime, pourquoi se plaignent-ils donc tant? Car vous vous plaignez tous, Messieurs. Ce sont les denrées qui sont trop chères, les salaires qui ne sont pas assez élevés, le travail qui manque, le capital qui exploite le travailleur, etc. etc. Je suis encore à rencontrer un ouvrier content de sa situation. Notez que je ne dis pas qu'ils ont tort. Il est certain qu'il y a beaucoup de travailleurs dont les plaintes ne sont que trop justes et légitimes. Ç'a été, hélas ! toujours comme cela, et ce sera ainsi toujours. Les alouettes rôties ne tombent pas plus après 89 qu'elles ne tombaient auparavant. Sous le nouveau régime comme sous l'ancien, il faut au tra-

vailleur de l'activité, de la prudence, de la sobriété,
de l'économie pour élever honnêtement sa famille.
Puissent vos enfants et vos petits-enfants n'être
pas plus malheureux que vos pères et vos grands-
pères ! »

« J'étais lancé, et j'ai parlé longtemps sans que
personne ait cherché à m'arrêter ou à me répondre.
Une preuve que j'étais dans le vrai, n'est-ce pas,
monsieur Jean Grange ?

— Sans aucun doute. Si les gémissements sont en
proportion de la souffrance, les classes ouvrières
doivent beaucoup souffrir, car elles n'ont jamais autant gémi que de nos jours. Dans les bassins houil-
lers, dans les grands centres manufacturiers et indus-
triels, la plainte est universelle et incessante. Et,
chose étrange, ce ne sont pas ceux qui gagnent les
plus faibles salaires qui se plaignent le plus, ce sont
très souvent les ouvriers les mieux payés. A ne pas
se plaindre, à se contenter de leur sort, il n'y a que
quelques familles dans lesquelles se sont conservées
les croyances et les mœurs chrétiennes. Cela se comprend. Qui croit au bonheur du ciel, et espère l'at-
teindre, se consolera toujours des privations et des
souffrances de la vie: qui n'a pas cette croyance et
cet espoir se trouvera en tout temps malheureux,
vît-il diminuer son travail et augmenter son salaire.
L'homme ne vit pas seulement de pain; il a un cœur
et une âme, lesquels n'ont rien de commun avec
l'estomac.

« Cherchez d'abord le royaume de Dieu et la justice qui y mène, et le reste vous sera donné par
surcroît. » Cette parole évangélique, goûtée et pra-

tiquée, peut seule faire le bonheur temporel des classes ouvrières et de toutes les autres classes de la société. »

VIII

J'aperçus un dimanche le père la Luzerne lisant le journal dans son jardin. Cela arrivait rarement. Dès qu'il me vit, il plia en quatre le *Courrier du Centre*, le mit dans sa poche, et s'approchant du buisson qui nous séparait :

« Voisin, me dit-il, ayez donc la bonté de m'apprendre ce que sont au juste ces vieux catholiques dont il est si souvent parlé dans les journaux !

— C'est bien facile, répondis-je. Ces vieux catholiques sont des hérétiques. Vous savez ce qu'on entend par hérétique, père la Luzerne ?

— A peu près ; pourtant un *bout* d'explication ne nuirait pas. Il y a si longtemps que j'ai quitté le catéchisme !

— Eh bien, on appelle hérétiques les chrétiens qui choisissent parmi les enseignements de l'Église au lieu de tout accepter. Exemple: il y a sept sacrements; supposez qu'un chrétien se loge dans la cervelle qu'il n'y a que six sacrements ou bien qu'il y en a huit, cet original serait un hérétique. Ma supposition n'en est malheureusement pas une, les protestants sont hérétiques pour n'avoir pas voulu admettre le nombre des sacrements admis par l'Église catholique. Ce n'est pas leur seule erreur, mais elle serait seule qu'elle suffirait à faire une hérésie. En d'autres termes, l'hérétique est celui qui opère un triage dans les vérités révélées de Dieu et enseignées par l'Église, acceptant celles qui sont à sa convenance et rejetant celles qui ne lui agréent pas.

— Je comprends cela, dit le père la Luzerne. J'ai gardé près d'un an un valet de charrue lequel était un véritable hérétique. Figurez-vous que cet animal-là voulait en savoir plus long que moi ; il discutait mes ordres, en prenant et en laissant à sa guise et à son caprice. Je le raisonnai assez longtemps ; mais, voyant qu'il s'obstinait et s'entêtait, je le chassai net.

— L'Église agit de la sorte, répliquai-je; elle chasse de son sein et met en dehors de sa communion les chrétiens qui, malgré ses avertissements et ses menaces, s'obstinent dans les erreurs qu'elle a condamnées. C'est ainsi que quelques individus de la Suisse et de l'Allemagne ayant refusé d'accepter le dogme de l'infaillibilité du pape, l'Église les a chassés et excommuniés. Ces Suisses et ces Allemands ont trouvé joli de s'appeler *vieux catholiques;* mais le nom n'y fait rien: ils sont hérétiques, et hérétiques ils resteront tant qu'ils n'auront pas souscrit de cœur, d'esprit et de bouche à toutes les décisions du dernier concile du Vatican.

— Pensez-vous, monsieur Jean Grange, me dit le père la Luzerne, que cette mauvaise herbe du vieux catholicisme prenne racine et gagne du terrain ?

— Ce n'est pas à croire, répondis-je. Les quelques centaines d'individus qui s'intitulent vieux catholiques sont des protestants, des francs-maçons, des solidaires, des internationaux, des incrédules de

toute couleur et de tout acabit, ayant à leur tête des
prêtres sans foi, sans mœurs et... sans pain, officiant
sacrilègement dans des églises arrachées par l'injustice et la violence aux vrais fidèles. Il y a longtemps
que ce troupeau peu choisi se serait dispersé sous
les huées des femmes et des enfants, s'il n'était pro-
tégé par le gouvernement, la magistrature, la gendarmerie et la police. Tout indique que cette protection cessera à la mort de deux ou trois hommes
influents qui ne sont plus très jeunes. Encore un peu
de temps, et les vieux catholiques redeviendront ce
qu'ils étaient en réalité, protestants, francs-maçons,
libres penseurs, impies, prêtres tarés. Il n'y a pas
dans cette poignée de malheureux l'étoffe d'une hérésie. Les ennemis de l'Église et de Pie IX en seront
pour leurs frais. Le vieux catholicisme est une entre-
prise aussi fragile et ridicule qu'elle est odieuse. Quel
âge avez-vous, voisin ?

— Soixante et cinq ans à la Chandeleur.

— Robuste et vert comme vous êtes, vous pouvez espérer voir les funérailles de la nouvelle hérésie.

— Je ne demande pas mieux ; mais enfin, monsieur
Jean Grange, ces Suisses et ces Allemands ont dû avoir
quelques raisons pour se révolter contre le concile du
Vatican, des raisons mauvaises, certainement, mais
enfin quelques raisons.

— Ils n'ont pas eu l'ombre d'un prétexte, mon
cher voisin. Tenez, quoique vous sachiez à peine
lire et écrire et qu'en fait de théologie ma science ne
dépasse pas le catéchisme, je vais en deux mots vous
faire toucher du doigt la sottise de ces vieux catholi-

ques. Écoutez-moi bien. C'est plus simple et plus facile que la théorie de l'assolement triennal que vous m'expliquâtes l'autre jour.

« Les vieux catholiques admettaient et admettent encore qu'un concile général ne peut pas se tromper et que ses décisions sont autant d'articles de foi. Eh bien ! par qui l'infaillibilité du pape a-t-elle été prononcée, sinon par le dernier concile du Vatican, lequel était un concile général ?

« Ce n'est pas le pape, disent-ils, qui a le privilège de ne pouvoir pas se tromper, c'est l'Église enseignante.

« Eh bien ! braves gens, croyez donc à l'Église enseignante réunie tout entière au concile du Vatican, lorsqu'elle déclare que le pape est infaillible. »

Le vieux fermier réfléchit quelques instants, puis il dit :

« C'est vrai, c'est évident. Comment des savants allemands et suisses ne comprennent-ils pas une chose aussi simple ?

— Parce qu'ils sont aveuglés par l'orgueil et l'ambition. Il paraît qu'il y a des docteurs allemands qui n'auraient pas été fâchés d'avoir une mitre et même un chapeau de cardinal ; comme le pape leur faisait attendre ces coiffures, cela leur a donné des doutes sur l'infaillibilité du chef de l'Église.

— Je comprends, monsieur Jean Grange, je comprends, dit en riant le fermier. Quels sans-cœur ! ajouta-t-il d'un ton sérieux. Comment n'ont-ils pas craint de donner de nouveaux chagrins à notre saint-père le pape Pie IX, qui est vieux, dépouillé et en prison ? Rien que cela, voyez-vous, me fixerait sur le compte de ces gens-là. C'est comme cet évêque chassé par les habitants de Genève : figurez-vous que je l'ai entendu prêcher dans la cathédrale de Poitiers; malheureusement j'ai oublié son nom.

— L'évêque chassé par les Genevois s'appelle Mgr Mermillod.

— C'est cela! Mgr Mermillod. Quel homme, monsieur Jean Grange! De ma vie je n'ai entendu une pareille musique. Je crois, Dieu me pardonne, que ce prêtre parle comme le rossignol chante. Et puis, quelle figure douce! quel air bon et affable! Je l'ai vu de près, puisqu'il m'a donné son anneau à baiser. Ils sont joliment difficiles et dégoûtés MM. les Suisses, pour chasser de chez eux de pareilles gens! Suffit! je n'aime pas à parler politique, mais il n'y a pas de mal à souhaiter que le bon Dieu convertisse ces vieux catholiques ou nous en débarrasse.

— Non certainement, » répondis-je.

IX

Il est un spectacle commun, fréquent, que j'ai vu cent fois et auquel je n'ai pu m'habituer. Il m'irrite, m'indigne et me fait peur. C'est la violation du repos du dimanche par les laboureurs dans les champs, et sous le soleil de Dieu. Certes, l'ouvrier des villes qui travaille le septième jour est coupable, et néanmoins, je ne sais pourquoi, je suis moins choqué de sa transgression que de celle de l'agriculteur et du paysan. Ne faut-il pas avoir perdu jusqu'au dernier vestige de la foi chrétienne pour labourer, semer, moissonner, malgré la défense de Celui qui fait germer le grain et qui dore les moissons ! J'ai connu un vieux et saint prêtre, curé de campagne, qui excluait des rangs de la procession des Rogations ceux de ses paroissiens connus pour travailler habituellement le dimanche. Il avait raison. Ceux qui ont provoqué la colère de Dieu sont mal venus à le prier de nous épargner ces fléaux.

Le père la Luzerne pensait de la sorte; il se serait fait scrupule d'arracher le dimanche un pied de mauvaise herbe dans son jardin. Il chassa sans miséricorde, malgré les prières de sa femme et de ses enfants, une vieille servante qu'il avait surprise filant sa quenouille le saint jour de Noël.

En vain Madeleine allégua-t-elle qu'elle filait seulement pour se désennuyer.

« On se désennuie avec son chapelet, » répondit le vieux paysan.

Peut-être le père la Luzerne allait-il trop loin. Plus d'une fois il lui arriva de blâmer la conduite de certains curés qui donnaient, du haut de la chaire, à leurs paroissiens la permission de serrer les blés et les foins coupés lorsqu'on était menacé d'un orage.

« Ce que Dieu garde est bien gardé, disait-il, que ce soit sous la voûte du ciel ou sous la voûte de la grange. »

Une autre chose qu'il ne comprenait pas, c'est la distinction que beaucoup de campagnards font entre les grands travaux et les petits travaux du dimanche.

A Bassignac et ailleurs, tel paysan qui ne vou-

drait pas le dimanche, ou un jour de fête d'obligation, labourer, faucher, moissonner, ne se fait pas
scrupule d'arracher les mauvaises herbes, de clôturer les champs, de creuser les rigoles des prairies, etc.

Le père la Luzerne ne se permettait pas et ne permettait à ses gens rien de semblable. Il n'y avait chez
lui d'occupés, le dimanche, que les bergers et ceux
qui avaient soin des troupeaux; encore avait-il soin
de leur donner le temps d'aller à la messe.

A ceux qui alléguaient l'impossibilité où l'on est
de cesser absolument tous les travaux champêtres le
dimanche, mon voisin répondait :

« Laissez donc ! le bon Dieu n'ordonne rien d'impossible. Les protestants d'Allemagne, d'Angleterre
et d'Amérique trouvent bien le moyen de cultiver
leurs champs sans travailler aucunement le dimanche. Pourquoi les catholiques n'en feraient-ils
pas autant ? C'est une honte que la manière dont le
repos du dimanche est observé en France. Les étran-
gers s'en scandalisent, et ils n'ont pas tort. Si le bon
Dieu nous traitait selon nos mérites, ce n'est pas de
loin en loin, c'est chaque année que nous serions
visités par la gelée, la grêle, la sécheresse, les inon-
dations. Qui vivra verra. Si les choses continuent de
ce pas, les agriculteurs et les laboureurs seront bientôt aussi païens et plus païens que les libres penseurs
des grandes villes manufacturières. »

Je me souviens d'un fait qui arriva vers le milieu
de l'été de l'année 1872.

Il y avait deux ans que la commune de Bassignac
n'avait pas récolté de foin. En 1870, la sécheresse

avait brûlé nos prairies; en 1871, des pluies torren-
tielles, persistantes, avaient entraîné ou pourri les
foins en meules. Aussi il fallait voir comme nos paysans se frottaient les mains au printemps de 1872,
à la vue des prairies où les herbes poussaient drues,
longues, vertes à plaisir ! Je crois, Dieu me pardonne,
que les bêtes elles-mêmes devinaient une année d'abondance. Ce qui est certain, c'est que depuis longtemps
chevaux, bœufs, vaches et veaux étaient à la demi-
ration.

Nous étions au 18 juin. On peut bien dire sans
exagération que les deux tiers des foins de la commune de Bassignac étaient en meules et bons à en-
granger. Les gens se rendaient à la grand'messe, qui
a lieu à neuf heures, lorsque Chantemerle fit remarquer au grand Lalue, le fermier de M. le comte des
Brossards, un petit nuage couleur chocolat qui se
formait à l'ouest, derrière la forêt des Écoubières.
Il faut savoir que, huit fois sur dix, les orages dangereux viennent de ce côté-là. Le grand Lalue, qui
a la prétention de se connaître au temps mieux que
l'almanach, s'empressa de dire tout haut qu'avant la
fin du jour nous aurions une tempête qui pourrait
bien entraîner les foins des prairies ou les tremper
de façon qu'ils ne pussent être rentrés de plusieurs
jours. Il n'en fallut pas davantage; tout le monde
courut aux fourches, aux râteaux, aux charrettes, et
se dirigea vers les meules. Nous fûmes trente à la
messe au lieu de huit à neuf cents, encore est-il juste
de dire que, parmi les trente, nul ne possédait de
prairies et de pâturages.

Quel ne fut pas mon étonnement, lorsque, étant

rentré dans mon jardin, au sortir de la messe, j'aperçus le père la Luzerne debout près du buisson et fumant tranquillement sa pipe !

« Vous n'étiez pas à la grand'messe, voisin? lui dis-je.

— Non, répondit-il, voisin, j'étais à la messe de cinq heures.

— Vous n'ignorez pas que tous les gens valides de la paroisse sont en ce moment dans les prés, occupés à rentrer les foins.

— Oui, dit-il; il paraît que Chantemerle et le grand Lalue annoncent pour ce soir un orage terrible. »

Le vieux fermier regarda quelque temps le ciel dans la direction de l'ouest et dit :

« Il pleuvra pour sûr vers la fin de la journée, mais rien ne prouve que cette pluie soit assez forte pour entraîner les foins ou assez persistante pour les gâter. Il faudrait avoir un peu de confiance en Dieu et ne pas travailler comme des païens, le dimanche, parce qu'on est menacé d'une averse.

— En sorte que vous ne comptez pas rentrer vos meules aujourd'hui ?

— Vraiment non.

— Je vous ai pourtant entendu dire qu'il ne fallait pas remettre au lendemain ce qu'on pouvait faire dans la journée.

— C'est vrai, dit-il, mais à la condition que la journée ne sera pas un dimanche. Je ne blâme pas ceux qui font autrement que moi : chacun est libre. Ce qui est sûr, c'est qu'aucun de mes gens ne touchera aujourd'hui ni fourches ni râteaux. »

Le bon Dieu bénit la confiance du vieux fermier.
La pluie qui tomba dans la soirée dura à peine une
heure, et n'empêcha pas le père la Luzerne de commencer le lendemain la rentrée de ses fourrages.
Chantemerle travailla tant, qu'il attrapa une fluxion
de poitrine qui le mit au lit pour six semaines; le
grand Lalue eut un bœuf si blessé, qu'il fallut le
vendre au boucher. Ces deux accidents n'étaient pas
de nature à faire changer le père la Luzerne de senti-
ments sur la stricte sanctification du dimanche; aussi
continua-t-il de répéter son dicton :

« Ce que Dieu garde est bien gardé, que ce
soit sous la voûte du ciel ou sous la voûte d'une
grange. »

X

Il faut que je raconte un autre fait qui prouvera
jusqu'à quel point le père la Luzerne poussait la salu-
taire horreur du travail du dimanche.

Au nombre des inventions dont il n'avait point
horreur, mais qu'il goûtait peu et dont il plaisantait
parfois, on doit mettre les *comices agricoles*. Mon
voisin prétendait qu'il était absurde que des bourgeois voulussent apprendre aux paysans à cultiver la
terre.

« Ce n'est pas de leçons et de conseils que nous
avons besoin, disait-il : c'est de bras et d'argent. Que
les propriétaires du sol restent sur leurs propriétés,
au lieu d'aller dépenser leurs revenus dans les grandes
villes. Surtout qu'ils ne nous prennent pas nos jeunes
gens pour en faire des ouvriers, des cochers, des

valets de chambre, des laquais, des habitants des villes enfin, et le progrès de l'agriculture ira tout seul. Cela vaudrait mieux que de primer des bœufs gras dont la viande n'est pas mangeable, et de gratifier de trente francs des ouvriers agricoles qui ont soixante et dix ans d'âge et soixante ans de services. »

Notez que je ne garantis point cette manière de voir, et que je ne dis point que mon voisin avait raison de priser peu les comices agricoles. Je ne suis qu'un historien fidèle racontant les faits et gestes de mon humble héros.

Ce qui est certain, c'est que le père la Luzerne apporta à Bassignac, le propre jour de carnaval, six kilos de viande prise sur le bœuf gras de Limoges. Il me fit cadeau d'un bon morceau en disant :

« Je vous en prie, voisin, mettez le pot au feu avec cela, et donnez-moi votre avis sur la soupe et le bouilli. »

Sans être gastronome, on discerne les choses mangeables; je répondis donc au père la Luzerne que potage et bouilli étaient trop gras et sentaient le suif.

« J'en étais sûr, s'écria-t-il; ces bœufs engraissés en vue du concours et de la prime servent plus à la fabrication de la chandelle qu'à l'alimentation publique. Au lieu de pousser une bête à cet excès de suif, il est préférable d'en conduire deux ou trois à un embonpoint raisonnable. Tous ces agriculteurs primés ou couronnés dépensent vingt fois plus que ne leur rapportent les primes et les couronnes. Ces comices agricoles servent surtout à flatter la vanité des bourgeois qui y conduisent leurs métayers et y prononcent des discours.

Comme je connaissais sur ce sujet les opinions de mon voisin, je ne fus pas médiocrement étonné lorsque, me trouvant un jour dans mon jardin, le vieux fermier me dit par-dessus le buisson.

« Savez-vous, monsieur Jean Grange, que je me suis laissé enjôler par M. le comte des Brossards et M. le maire ?

— Ah bah !

— C'est comme j'ai l'honneur de vous le dire. Ces messieurs m'ont tant raisonné, que j'ai promis d'assister au comice agricole qui se tiendra à Bassignac, dans le courant du mois de mai prochain. Il paraît qu'un concours est ouvert pour le prix du labourage. On tâchera de montrer à ces messieurs du comice que, pour avoir soixante et dix ans et se servir de charrues non perfectionnées, on sait tracer proprement un sillon. »

De l'aveu de tout Bassignac, le père la Luzerne était le plus *fin* laboureur de l'arrondissement. M. le maire et M. le comte des Brossards étaient heureux de voir la commune couronnée dans la personne de son plus honorable cultivateur. Au fond, et quoiqu'il n'en laissât rien paraître, je crois bien que le vieux paysan n'était pas fâché de montrer son savoir-faire à messieurs du comice.

Je me faisais une fête de voir le vieux fermier battre, dans cette arène féconde et pacifique, les jeunes gens et les hommes mûrs qui oseraient lui disputer la palme. Je ne devais pas voir cet intéressant spectacle, de sitôt du moins.

Les organisateurs de cette fête eurent l'idée médiocrement heureuse de fixer cette fête au premier dimanche de mai. En apprenant cette nouvelle, mon voisin déclara haut et net qu'il ne paraîtrait pas au comice.

En vain M. des Brossards, le maire et d'autres s'efforcèrent-ils de le faire revenir sur cette décision, il n'y consentit pas.

« Jamais, dit-il, je n'ai labouré le dimanche. Je ne veux pas commencer à soixante et dix ans.

— Mais, disait M. le maire, ce que vous ferez au comice agricole n'est pas précisément une œuvre servile.

— Comment! répliquait le père la Luzerne, ce n'est pas une œuvre servile de labourer ?

— Sans doute! sans doute! répondait le maire; cependant il y a beaucoup de comices agricoles, dirigés par d'excellents catholiques, qui se tiennent le dimanche.

— A la bonne heure, continuait le vieux fermier; je ne dis pas que ces excellents catholiques aient tort, chacun agit selon ses lumières et sa conscience. Pour moi, je renonce à disputer le prix du labourage. »

M. le comte des Brossards, venant en aide à M. le maire, fit remarquer que le comice agricole, ayant lieu dans l'après-midi, n'empêchait personne d'aller à la messe.

« Parbleu! s'écria mon voisin, il n'aurait plus manqué que cela, et que le concours du labourage eût été placé à l'heure de la grand'messe. Je vous dis, monsieur le comte, que le jour est très mal choisi. Les trois quarts des personnes qui assisteront à la fête agricole n'iront pas à la messe, occupées et préoccupées qu'elles seront des préparatifs. C'est très bien de donner des leçons d'agriculture, mais les leçons de morale chrétienne passent avant tout.

— Écoutez, père la Luzerne, dit M. des Brossards, c'est faute de réfléchir que nous avons placé au dimanche le comice agricole; faites-nous le plaisir d'y venir quand même, et je vous promets, foi de gentilhomme, qu'une autre année nous choisirons un jour en semaine.

— Je suis désolé de vous refuser, monsieur le comte, dit le paysan. Il vaut mieux pour l'honneur de la commune que je reste chez moi; je serais si troublé, si ennuyé, que je labourerais mal. »

Dieu bénit cette protestation courageuse. Ce fut la dernière fois que le comice agricole se tint un dimanche à Bassignac. L'année suivante, il fut placé le lundi. Le père la Luzerne s'y rendit avec sa vieille charrue et ses deux forts bœufs à la robe jaune-paille. Quoiqu'il eût soixante et onze ans passés, il se tenait aussi droit qu'aucun de ses rivaux, dont le plus âgé comptait à peine quarante ans. Il faudrait un Homère pour raconter cette lutte digne de mémoire. Bourgeois et paysans, maîtres et serviteurs, intéressés et curieux, tout le monde suivait d'un regard sympathique ce vieillard qui saisissait d'une main si ferme le manche de sa charrue. Plus d'un œil se mouilla de larmes lorsqu'on vit le vieux

4

fermier soulever son chapeau et faire le signe de la croix avant de tracer son sillon.

Quels chrétiens ont donc vu les barbouilleurs de papier qui osent écrire dans leurs livres, brochures et journaux, que la religion abêtit l'intelligence et dégrade le caractère du peuple? C'est l'irréligion qui abêtit et dégrade non seulement le peuple, mais les bourgeois, les lettrés et les classes dirigeantes, entendez-vous, Messieurs?

XI

Quoique j'eusse félicité le père la Luzerne de sa victoire sur le champ de bataille, je lui renouvelai le lendemain mes compliments par-dessus le buisson.

« Comment avez-vous fait, voisin, lui dis-je, pour être à votre âge le plus habile laboureur de l'arrondissement?

— Mon Dieu, voisin, répondit-il, je ne sais trop. On vient au monde laboureur comme on naît écrivain. Comment faites-vous vous-même pour écrire depuis si longtemps dans l'*Ouvrier* sans trop ennuyer vos lecteurs? Peut-être mon succès d'hier tient-il à ce que je n'ai jamais abandonné mon métier. Bien que je sois devenu un fermier aisé, je n'oublie pas que j'ai été un valet de charrue. Tous les automnes je laboure encore mes trois hectares en plaine et sur un terrain facile. Dans un pays montueux et les terrains gras, les forces ne suffisent plus. Si j'avais cessé de toucher à la charrue pour me donner des airs de rentier et de bourgeois, ainsi que font Pierre Mativet et le grand Lalue, je n'aurais pas eu hier le prix du labourage. Chacun son métier, et les vaches seront bien gardées. En tout cela, il y a une chose qui m'a fait plus de plaisir que le prix.

— Qu'est-ce, voisin ?

— C'est l'invitation à dîner qu'en qualité de lauréat j'ai reçue de M. le comte des Brossards. M. le préfet doit être à ce repas. Si je puis placer un mot, je sais bien ce que je dirai. »

Mon voisin avait tant de tact naturel, de discrétion et de modestie, que j'étais bien sûr qu'il ne serait pas déplacé dans la salle à manger de M. des Brossards. Ce fut par curiosité, bien plus que pour lui donner des conseils, que je lui demandai ce qu'il comptait dire à M. le préfet.

« Je veux le prier de réfléchir avant d'accorder à Bassignac les deux nouvelles foires demandées par la majorité du conseil municipal. On nous ruine en foires et en marchés. Nos fils, nos filles, nos domestiques, nos servantes, jusqu'aux bergers, veulent aller aux foires. Croiriez-vous qu'au dernier gros marché de Saint-Pierre-les-Landes mon fils aîné a été obligé de garder la maison ? Tous ses gens s'étaient envolés. Les propriétaires, les fermiers et les métayers sont les premiers auteurs de cette maladie. Y a-t-il du bon sens de traîner de foire en foire et de marché en marché un malheureux veau dans l'espoir de le vendre cinq francs plus cher ?

« Tous ces rassemblements de gens et de bêtes ne profitent qu'aux cafetiers, aux cabaretiers et aux ménétriers. Il y a trente ans, Bassignac n'avait que trois foires au lieu de douze qu'il possède et des deux qu'il attend : cela n'empêchait pas les bestiaux de se vendre.

« Presque tous les fermiers faisaient alors ce que je suis le seul à faire aujourd'hui. Ils gardaient leurs bœufs, vaches, veaux, porcs et moutons dans leurs étables, et attendaient que les bouchers et les marchands les vinssent chercher. La preuve que le système n'est pas mauvais, c'est qu'il me réussit toujours. Presque tous mes bestiaux sont achetés dans l'étable. Devinez, voisin, ce que j'ai épargné cette année de dépenses à la foire.

— C'est difficile à deviner, voisin.

— Je vais donc vous le dire. J'ai compté que j'aurais dépensé 360 francs si j'avais imité mes voisins. Je tâcherai donc, entre la poire et le fromage, de glisser un mot à M. le préfet pour qu'il refuse les deux nouvelles foires demandées. J'ai bien songé à le supplier de supprimer quelques-unes de celles qui existent déjà, mais je ne réussirais pas.

— Non, certainement, et vous vous exposeriez à être assassiné par les cafetiers et les cabaretiers de Bassignac.

— C'est bien possible, dit-il en riant. En tous cas, ces messieurs devraient employer le fer : je ne crains pas leur poison, puisque je ne consomme aucun de leurs produits. »

Mon voisin tint parole. En présence de dix-huit convives, parmi lesquels se trouvaient six conseillers qui avaient demandé la création de deux nouvelles foires, il pria M. le préfet de diminuer plutôt que d'augmenter ces occasions de pertes de temps et d'argent.

Il parla si sensément, que M. le préfet en fut frappé. Ce qui est sûr, c'est que les deux nouvelles foires n'ont pas été accordées.

XII

Chaque centre populeux a sa grande artère, comme on dit aujourd'hui, sa rue, sa place, son carrefour où la circulation et le mouvement sont plus considérables qu'ailleurs. Paris a le boulevard Montmartre, Madrid la Puerta del Sol; Bassignac a la halle aux grains. Bien des chefs-lieux d'arrondissement s'honoreraient de posséder une halle aussi grande, aussi solide, aussi claire, aussi fréquentée que la nôtre. Il s'y vend, le premier mercredi et le dernier jeudi de chaque mois, plus de deux cents hectolitres de froment ou de seigle, sans parler du blé noir, du maïs, du mil et du millet. La halle aux grains s'élève au milieu d'une place vaste, aérée, et ensoleillée en toute saison pour peu que le soleil brille. Halle et place sont le rendez-vous de tout Bassignac. La jeunesse y va pour montrer sa toilette; l'âge mûr et la vieillesse y vont pour causer. Vient-il à pleuvoir, on passe de la place à la halle; fait-il beau, on quitte la halle pour le plein air.

Le cours des grains et le prix des bestiaux furent longtemps le principal sujet de conversation des habitants de Bassignac. Malheureusement, depuis quelques années, les journaux et la politique ont

pénétré dans ce milieu agricole, au grand regret du
père la Luzerne et autres Bassignacquois de la vieille
roche.

« Voyez-vous, voisin, me disait le fermier, quoiqu'il y ait soixante ans que j'aille chaque dimanche
faire un tour de promenade à la halle, je finirai
par ne plus y mettre le pied. On y politique trop.
Je vais là pour savoir le cours du grain et des bœufs
à la dernière foire de Poitiers, et non pour apprendre
les nouvelles de Versailles et de Berlin. Connais-
sez-vous Joberty, le nouveau fermier de . M. des
Brossards ?

— Assez peu. A peine lui ai-je parlé deux ou trois
fois en passant.

— Je suis sûr qu'il a essayé de vous amener sur
le terrain de la politique.

— En effet.

— J'en aurais juré. Joberty a manqué sa vocation.
Il était né pour être journaliste ou député. Mais,
avec tous ses bavardages politiques, il a fait rompre
le mariage de son fils.

— Comment cela ?

— Figurez-vous que pas plus tard qu'il y a quinze
jours, Joberty prend sa redingote et son chapeau
neuf pour aller solliciter en faveur de son fils la main
de la fille aînée du père Marvier. Un beau brin de
fille, qui aura dix mille francs de dot plutôt que huit.
Les jeunes gens se convenaient, les parents étaient
quasi d'accord; la demande n'était guère qu'une
formalité. Patatras ! voilà que tout tombe à terre.
Vous savez que les Marvier sont royalistes de père
en fils. Ce n'est pas étonnant, puisqu'ils ont eu deux

de leurs ancêtres guillotinés à Paris, en compagnie du marquis des Brossards. Joberty, qui doit savoir cela, n'a-t-il pas fait la sottise de vanter, dans cette maison, la république et les républicains. Le père Marvier a répondu que sa fille était trop jeune pour se marier. Comme malgré leurs opinions républicaines les Joberty sont honnêtes, M. le curé s'efforce de renouer le mariage rompu; mais jusque-là il n'a pas réussi, et je ne crois pas qu'il réussisse, vu l'entêtement du père Marvier. Ce Joberty est le plus grand politiqueur que la terre ait porté. Lorsqu'il est allé prier M. le curé de se donner la peine de renouer le mariage projeté, il a vu sur la cheminée le journal *l'Univers*. Parait que le journal lu d'habitude par Joberty traite *l'Univers* de clérical; voilà mon Joberty qui part de là pour entreprendre le cléricalisme et les cléricaux. Ce n'est qu'au bout de dix minutes qu'il s'est rappelé où il était et à qui il parlait. Heureusement M. le curé est homme d'esprit et la bonté même. La première fois que je parlerai semailles et labourage à Joberty et qu'il me répondra politique, je lui tournerai le dos. Je ne crois pas, du reste, qu'il se risque de sitôt à revenir sur ce sujet. Je lui ai trop bien rivé son clou, dimanche dernier, devant plus de dix témoins.

— Ah! ah! fis-je.

— Figurez-vous, continua le père la Luzerne, qu'il ne cessait de me répéter : Nous sommes dans le siècle des lumières! nous sommes dans le siècle des lumières!

— A la bonne heure, ai-je répondu; mais c'est le diable qui tient la chandelle.

— Pas mal, dis-je, voisin, pas mal. »

Il paraît que Joberty ne se tint pas pour battu ; car, quelques jours plus tard, mon voisin me dit, par-dessus le buisson de nos deux jardins :

« Décidément je ne veux plus discuter avec Joberty. Ne prétend-il pas que la religion catholique est l'ennemie du progrès ! D'abord ça ne doit pas être vrai ; et puis de quoi va-t-il s'inquiéter ? sont-ce là des sujets de conversation entre fermiers ? »

Le père la Luzerne ne détestait pas les conversations politiques ou soi-disant telles autant qu'il le croyait : la preuve en est que deux jours après notre entretien je l'aperçus se promenant, dans son jardin, avec le politiqueur Joberty.

Les deux fermiers, dès qu'ils me virent, s'approchèrent du buisson en soulevant leurs feutres. Les compliments échangés, le père la Luzerne dit :

« Voisin, voici Joberty qui soutient que la religion catholique, apostolique et romaine, notre religion enfin, est contraire au progrès.

— Est-ce bien là votre opinion ? dis-je à Joberty.

— Certainement, répondit-il.

— Dites-moi, alors, de quel progrès vous entendez parler.

— Du progrès, parbleu ! Est-ce qu'il y en a deux ?

— Il y en a mille, mon pauvre Joberty. Il y a le progrès de l'agriculture, de l'architecture, de la peinture, de la sculpture, de la gravure, de la littérature ; le progrès de la géométrie, de la géographie, de la géologie, de l'astronomie ; le progrès de la chimie, de la physique, de la métaphysique, de la médecine, de l'industrie, du commerce, de la navigation, etc. etc. Je demande donc quel est celui de ces progrès auquel la religion catholique est contraire. »

Joberty, assez embarrassé, me regardait sans répondre.

Quant au père la Luzerne, il se frottait les mains et disait à mi-voix :

« Attrape ! ça t'apprendra à parler politique. Joberty, tu n'es pas là sous la halle, à faire de l'éloquence et de la science avec des paysans. »

Comme je ne voulais point blesser Joberty, je lui dis tranquillement :

« Vous avez lu dans quelques-unes de ces brochures qui se vendent ou se donnent dans les campagnes, que la religion est l'ennemie du progrès, et vous répétez cela sans l'examiner et même sans trop le comprendre : vous avez tort. Presque toutes ces brochures sont remplies d'absurdités et de mensonges.

— Pourtant, répliqua Joberty, il y a des gens savants qui m'ont assuré que la brochure avait raison, et que la religion catholique avait contrarié, contrariait et contrarierait toujours le progrès.

— Encore une fois quel progrès? Il faut préciser. Ce mot de progrès, lorsqu'il est seul, est un mot en l'air qui fait bien dans la bouche ou sous la plume d'un libre penseur, mais qui ne signifie rien du tout. »

Je vis bien que Joberty ne se rendrait pas ; j'essayai donc de quelques explications à sa portée et à celle du père la Luzerne.

« Mes amis, dis-je, il y a trois sortes de progrès :
le progrès matériel, le progrès intellectuel et le progrès moral ; je vous assure que la religion catholique
n'est contraire à aucun de ces progrès-là. Pourquoi
serait-elle l'ennemie du progrès matériel ? En quoi
la poudre, l'imprimerie, la vapeur, la télégraphie et
la photographie offensent-elles le dogme, la morale
ou la liturgie ? Ce sont des inventions précieuses
dont l'homme peut se servir pour faire beaucoup de
bien. L'Église ne blâme que le mauvais usage auquel
la malice humaine peut détourner ces forces mer-
veilleuses, et elle n'est pas seule à penser de la sorte.
On n'est pas précisément l'ennemi du progrès, de
l'industrie, pour blâmer l'usage de certains canons
Krupp.

« Dieu, dit la Bible, a livré le monde à la re-
cherche des hommes : qu'ils cherchent donc, qu'ils
fouillent la terre, la mer et les cieux ; loin de les
gêner, l'Église applaudira à leurs efforts. Elle sait
bien que tout ce qu'ils trouveront ne servira qu'à
faire éclater davantage la puissance, la sagesse et la
bonté du Créateur.

— C'est évident, dit le père la Luzerne. J'ai as-
sisté, il y a quelques années, à la bénédiction d'un
chemin de fer, faite par trois évêques : pour lors,
l'Église ne bénirait pas des choses qu'elle déteste-
rait. Les chemins de fer étant le principal progrès
moderne, si l'Église n'en est pas l'ennemie, pourquoi
serait-elle l'ennemie des autres ?

— Vous avez raison, voisin, répondis-je, et Joberty a trop de bon sens pour n'être pas de votre avis.
I Église bénit le progrès intellectuel plus encore

que le progrès matériel. Presque tous les génies nés
depuis l'origine du christianisme ont été de bons
chrétiens, des hommes pieux, souvent des saints.
L'architecture, la peinture, la sculpture, la musique,
pour ne parler que des beaux-arts, doivent à la pa-
pauté et à l'Église leurs chefs-d'œuvre. Le premier
musée du monde est le Vatican, c'est-à-dire la
maison du pape. Si vous lisiez autre chose que des
brochures menteuses et impies, vous apprendriez,
Joberty, que ce sont les moines qui nous ont conservé les livres des Grecs et des Romains. La civilisation moderne n'est si supérieure à l'ancienne
civilisation que parce qu'elle est chrétienne. Un
historien protestant, poussé par l'évidence, a écrit
que le royaume de France a été fait par les évêques,
comme la ruche est faite par les abeilles. Il aurait
pu ajouter que si les évêques ont fait la France, les
papes ont fait l'Europe et le monde chrétien. Vous
qui avez été soldat, Joberty, et avez voyagé en France
et en Italie, avez-vous vu quelque chose de plus beau
que les cathédrales catholiques?

— Non, Monsieur, répondit le fermier de M. des
Brossards.

— Je le crois bien, s'écria le père la Luzerne. Je
me suis trouvé certain dimanche de Pâques à la
grand'messe dans la cathédrale de Bourges; on se
serait cru en paradis. Il faut être païen ou imbécile
pour dire que l'Église catholique n'aime pas le progrès intellectuel et les belles choses. »

Je continuai :

« Quant au progrès moral, l'Église en est le principal instrument. La justice, la charité, la chasteté,

toutes les vertus lui doivent, les unes leur existence,
les autres leur développement. Le progrès moral le
plus élevé aboutit à la sainteté. Or l'Église est la
seule école de la sainteté. Il n'y a qu'elle qui fasse des
saints. Dites-moi, Joberty, vous devez avoir un
frère établi sur la paroisse de Pierreblanche ?

— Oui, Monsieur, et même Thomas a dû vous
écrire, il y a quelques mois.

— En effet, il me priait de demander à un grand
vicaire, que je connais un peu, qu'on voulût bien
envoyer un curé à la commune de Pierreblanche,
dont les habitants devenaient pires que des païens
depuis qu'ils étaient sans pasteur. Vous devez savoir
ce qui en est, Joberty.

— Il est certain, dit le fermier de M. des Brossards, qu'avant d'avoir un curé, Pierreblanche était
la commune la plus mal famée de l'arrondissement.
On n'y comptait plus, tant ils étaient nombreux, les
voleurs, les joueurs et les débauchés.

— Eh bien ! dis-je, mes amis, si l'absence d'un
curé a de tels résultats dans un petit coin de terre,
jugez de ce qui arriverait si la grande Église catholique venait à disparaître. Tout s'en irait en corrup-
tion et en pourriture, parce que le sel de la terre
manquerait. Nous redeviendrions avant peu païens,
barbares, et même sauvages. J'ai beaucoup connu
un missionnaire qui avait évangélisé l'Asie et l'A-
frique.

« Ah ! monsieur Jean Grange, me disait-il souvent, répétez donc, sous toutes les formes, dans *l'Ou-*
vrier, que le plus mauvais catholique, par cela seul
qu'il est catholique, vaut cent fois mieux que le meil-

leur des infidèles. Il y a bien du mal dans notre patrie; mais nous sommes des saints en comparaison de ces malheureux Chinois, gangrenés corps et âme et corrompus jusque dans la moelle des os. »

« Le progrès le plus nécessaire est le progrès des mœurs; or, loin de le contrarier, la religion catholique est seule à le répandre, parce qu'elle est la seule autorité qui ait le droit de répéter les paroles de Jésus-Christ :

« Soyez parfaits comme votre Père céleste est parfait ! »

J'ignore jusqu'à quel point Joherty fut frappé de ces courtes et simples réflexions. Une chose sûre, c'est qu'il garda le silence. Puissé-je l'avoir mis en défiance des brochures démocratiques dont on empoisonne nos campagnes, et l'avoir convaincu que l'Église catholique n'est ennemie d'aucun progrès véritable !

XIII

Ce n'est pas dans les campagnes qu'a pris naissance ce vilain mot : « L'argent n'est rond que pour rouler. » On ne calomnie pas les campagnards en avançant que beaucoup d'entre eux poussent trop loin l'économie. L'argent leur coûte tant de peine à gagner, qu'ils en sont naturellement ménagers. Le paysan donne plus volontiers son temps et son travail que la plus petite pièce blanche. Ne vous adressez pas à lui pour les quêtes et les souscriptions, vous reviendriez bredouille.

Le père la Luzerne avait évité cette excessive économie, voisine de l'avarice, presque inhérente à sa classe. Sans avoir toujours la main à la poche, — ce qui est le fait du prodigue, — il est à l'occasion charitable et généreux. On le vit bien, à Bassignac, lorsqu'il fut question de réparer l'église et le petit hospice des vieillards. Il donna beaucoup plus que certains bourgeois trois ou quatre fois plus riches que lui. Par exemple, on eut de la peine à obtenir du vieux fermier qu'il laissât écrire son nom et le chiffre de sa cotisation sur la liste des souscripteurs.

« Ah çà ! monsieur le curé, dit-il, moitié riant, moitié sérieusement, est-ce que l'Évangile est changé ?

— Pourquoi me faites-vous cette question, père la Luzerne ?

— Parce qu'il me semble que l'Évangile recommande à la main droite d'ignorer ce que la main gauche donne.

— En effet, répliqua le curé, mais l'Évangile nous recommande aussi de donner le bon exemple. Depuis que les méchants ne rougissent pas de faire le mal, il faut que les honnêtes gens et les chrétiens ne cachent plus leurs œuvres. »

La propagande des mauvaises brochures me suggéra l'idée de fonder, dans notre commune, une petite bibliothèque de livres édifiants, instructifs et récréatifs : le père la Luzerne contribua à cette fondation pour dix francs. Il était depuis longtemps de la Propagation de la foi et avait deux de ses petits-fils faisant partie de la Sainte-Enfance.

« Voisin, me dit-il certain dimanche après vêprès, voulez-vous avoir la bonté de me rendre un service ?

— Deux, voisin, répondis-je, plutôt qu'un.

— Ma foi ! dit-il, c'est bien, en effet, deux services que je réclame. Je voudrais vous prier de faire parvenir à l'évêché de Limoges ou à celui de Paris, selon que vous le jugerez le mieux, mon obole pour le denier de Saint-Pierre et pour la construction de l'église du Sacré-Cœur. »

Je ne saurais dire combien je fus surpris et touché. Les larmes me vinrent aux yeux. Quelle extension prendraient toutes les grandes œuvres catholiques, si beaucoup de paysans avaient une foi aussi éclairée et aussi généreuse ! Malheureusement les campagnards semblables au père la Luzerne sont très rares. Peut-être n'en existe-t-il pas un par commune. Puissent ces lignes, si elles tombent sous les yeux de quelque honnête cultivateur, lui inspirer la pensée de verser son obole non seulement dans le budget charitable de sa paroisse et de son diocèse, mais dans celui de l'Église universelle ! Tant que les œuvres catholiques ne seront soutenues que par les fidèles riches ou aisés, elles végéteront. C'est le peuple qui peut seul les rendre prospères et florissantes. Quel est le catholique, si pauvre soit-il, qui ne pourrait pas consacrer cinquante centimes par an à quelqu'une des œuvres de l'Église ? Cette faible somme, multipliée par des millions de têtes, formerait un trésor.

« Les petits ruisseaux font les grandes rivières, » disait le père la Luzerne.

Il ajoutait :

« Ce qu'on donne fleurit ; ce qu'on mange pourrit. »

XIV

Je fus réveillé une nuit, vers deux heures du matin, par un grand bruit de voix et de pas qui venait de la rue.

« Qu'est-ce que cela peut être ? » fis-je.

Des torrents de flamme et de fumée, répandant jusque dans ma chambre une clarté sinistre et d'âcres odeurs, m'apprirent que le feu devait être dans le bourg.

Ce n'était que trop vrai. La maison et les deux granges de Pierre Laluc brûlaient. Malgré le dévouement de tous les habitants de la commune, accourus, au son du tocsin, sur le théâtre de ce terrible incendie, les bâtiments furent consumés avec les récoltes et la plus grande partie des bestiaux. Un quart d'heure plus tard, et la famille Laluc, composée de douze personnes, n'eût pas été épargnée.

Malgré son âge avancé, le père la Luzerne se porta, avec M. le curé et M. le maire, aux endroits où le danger était le plus grand. Sa femme, ayant voulu le retenir, fut, pour la première fois peut-être depuis leur mariage, repoussée et rudoyée énergiquement. Sans les sages dispositions dont le vieux fermier prit l'initiative, et qu'il fit exécuter, je suis convaincu que le feu eût atteint l'école communale, qui n'était séparée que par une ruelle étroite des bâtiments incendiés.

Pendant que le mari payait ainsi de sa personne, sa femme recueillait tous les membres de la famille Lalue. Hélas! cette hospitalité fut mal récompensée. Lorsque le lendemain on entra dans la chambre donnée à Pierre Lalue, on trouva le malheureux fermier pendu, à l'aide de sa cravate, à un gros clou qu'il avait lui-même enfoncé dans la muraille.

Mon voisin accourut m'apprendre cette affreuse nouvelle.

« Quelle folie, s'écria-t-il, d'aller, au sortir d'un incendie, se jeter la tête la première dans les flammes de l'enfer! Dieu sait que je plains ce pauvre Lalue de toute mon âme; mais je lui avais prédit cent fois qu'il se trouverait mal de son manque de religion. Cet homme faisait de l'argent son dieu : il n'est pas étonnant qu'il n'ait pas voulu survivre à sa ruine.

— Vous avez raison, répondis-je; les libres penseurs de village manquent, comme ceux des villes, de philosophie dans les grands malheurs. Jamais il n'y eut autant de suicides qu'aujourd'hui, parce qu'il n'y eut peut-être jamais moins de convictions religieuses. Ce malheureux Lalue, qui plaisantait si fort, il y a quelques semaines, les pèlerins de Rocamadour, aurait mieux fait de les imiter. Il aurait trouvé, dans la foi et l'espérance chrétiennes, le courage qui lui a fait défaut.

— Ce qui m'afflige le plus, dit le père la Luzerne, ce sont les réflexions que j'entends faire dans le bourg et dans toute la commune. On s'accorde à blâmer l'imprudence commise par Lalue, en n'assurant pas à une compagnie ses bâtiments, ses récoltes et ses bestiaux : de son suicide, pas un mot. J'ai même entendu plusieurs personnes dire que Lalue était excusable, et qu'il fallait que M. le curé lui accordât les honneurs de la sépulture chrétienne. On voulait que j'allasse au presbytère, avec les parents du mort, pour obtenir cette faveur. J'ai refusé ne*. M. le curé connaît son devoir, et n'a besoin des observations et des conseils de personne. »

Le vieux fermier ne se trompait point.

Je fus on ne peut plus surpris et scandalisé de voir la facilité avec laquelle on excusait cet horrible crime du suicide. Heureusement l'Église est toujours là pour redresser et corriger l'opinion.

M. le curé de Bassignac déclara qu'il lui était impossible d'enterrer le corps d'un suicidé. Il y eut des murmures dans la commune. Sans la fermeté du maire et l'influence de M. des Brossards et du père la Luzerne, je ne suis pas certain qu'on n'eût pas forcé les portes de l'église et parodié sacrilègement, comme cela s'est vu ailleurs, les obsèques ecclésiastiques.

Presque toute la commune assista à la sépulture civile de Lalue. A cause des circonstances atténuantes qui accompagnaient le suicide, je ne blâme pas ceux qui agirent de la sorte; mais eux aussi n'auraient pas dû blâmer les quinze à vingt chrétiens qui n'allèrent pas grossir le cortège. Est-il besoin de dire que M. des Brossards, le père la Luzerne et votre serviteur étaient du nombre des absents ?

Par exemple, le mort enterré, tous les assistants se retirèrent, laissant la famille Lalue, privée de son

chef, se tirer d'affaire comme elle pourrait. Ça fut
alors le tour des catholiques intolérants et fanati-
ques. M. des Brossards prêta de l'argent pour acheter des bestiaux et du blé; M. le curé se chargea de
remplacer le linge et les vêtements brûlés; le père
la Luzerne prit pour bergers les deux plus jeunes
enfants, qui devaient lui manger plus de pain qu'ils
ne lui rendraient de services. Quant à moi, je donnai
des leçons d'écriture et de lecture, qui épargnèrent
des mois d'école; j'écrivis une pétition à M. le mi-
nistre et à M. le préfet en faveur des incendiés de Bassignac; je tins la comptabilité de la famille Lalue;
bref, je fis, pour me rendre utile, ce que peut faire un
pauvre barbouilleur de papier dénué des biens de ce
monde.

XV

C'est une belle chose qu'une collection assortie de
dahlias, mais elle ne pousse pas comme un carré de
choux ou de laitues; il faut des soins et des labeurs
assez durs. J'étais occupé à biner une de mes deux
plates-bandes de dahlias lorsque je m'entendis héler
par-dessus le buisson :

« Monsieur Jean Grange !

— Qu'y a-t-il, père la Luzerne ?

— Avez-vous des commissions pour Limoges ?

— Vous allez à Limoges ?

— Je pars dans une heure.

— J'aurais bien à faire prendre quelque chose
chez mon libraire; mais, réflexion faite, il vaut

mieux que je remette ces emplettes à mon prochain
voyage.

— Et pourquoi remettre votre voyage? Que ne
venez-vous avec moi?

— Je craindrais de vous gêner.

— Point du tout. J'ai emprunté la voiture du per-
cepteur, qui est à quatre places. En partant ce matin
à dix heures, nous serons à Limoges vers trois heures
de l'après-midi. Vous aurez tout le temps de faire vos
affaires, puisque nous ne repartirons que demain
vers une heure. C'est entendu, voisin, vous venez
avec moi. Allez faire vos préparatifs. »

J'acceptai, et une heure plus tard nous roulions
vers Limoges.

Comme il n'y a que quelques années que j'habite
Bassignac, et que je suis sédentaire par humeur et
par nécessité, je ne connaissais guère que pour l'a-
voir vu en passant le pays que nous traversions. Il
n'en était pas ainsi du père la Luzerne, qui connaît
comme sa propre paroisse les dix communes traver-
sées par la route de Bassignac à Limoges. Il y avait
plaisir autant que profit à l'entendre disserter sur
les bourgs, les villages, les hameaux, leur population, le caractère de leurs habitants, le genre de
leurs productions, leurs ressources, etc. Si les dic-
tionnaires de géographie et les guides se rensei-
gnaient auprès de gens aussi bien informés, ils ne
seraient pas remplis, comme ils le sont, d'erreurs et
de bévues.

« Vous voyez, me dit-il, cette grande et vieille
maison carrée, à toiture aiguë, qui est là-bas, à notre
droite, à côté de ce gros bouquet d'arbres?

— Oui.

— C'est une forte et belle métairie qui porte un nom singulier; elle s'appelle : *Chez le Curé.*

— Pourquoi cela ?

— Parce que, avant la grande révolution de 93, ce hameau appartenait au curé ou plutôt à la cure de Bassignac. Il y a là, en terres, prairies et bois, près de cent hectares de terrain, valant environ deux cent mille francs. Vous devinez que le revenu de cette magnifique propriété n'était pas pour le curé tout seul : il servait à entretenir l'église de Bassignac, à payer un prêtre, à la fois vicaire et maître d'école, enfin et surtout à secourir les pauvres de la paroisse. Le pouvoir ecclésiastique et le pouvoir civil tenaient la main à ce que ces obligations fussent remplies, et il paraît bien qu'elles l'étaient. Mon grand-père, mort très âgé, il y a quarante ans, m'a souvent dit que notre église était, avant la révolution, dix fois plus riche et mieux tenue qu'elle ne l'est aujourd'hui. D'autre part, les registres paroissiaux, conservés à la mairie, témoignent qu'il y avait sous l'ancien régime autant, sinon plus, de paysans sachant signer qu'il n'y en a de nos jours. Enfin les pauvres étaient si largement secourus à Bassignac, qu'ils y venaient de cinq à six lieues à la ronde. Je déteste les paresseux et je n'aime guère les mendiants, à moins qu'ils ne soient très âgés ou infirmes; mais, on aura beau dire, je trouve qu'il est plus honorable pour une commune d'accueillir les pauvres des paroisses voisines que de planter sur les limites de son territoire un grand poteau, avec cette inscription : *La mendicité est interdite.* Cela n'empêche pas les neuf dixièmes des habitants de Bassignac de vanter les principes de 89, les progrès, les lumières, l'émancipation du peuple et tout le bataclan. Nigauds ! Ne voient-ils pas que si la métairie de *Chez le Curé* appartenait encore à la cure, ils ne seraient pas obligés de payer tant de centimes additionnels pour l'entretien de l'église, celui de l'école et celui du Bureau de bienfaisance. Il est vrai qu'ils ont le plaisir et la consolation de voir l'ancien bien de l'église aux mains de M. Maltourné, un avoué de Limoges, juif et grippe-sou, pour ne pas dire plus. »

Lorsque nous fûmes à quatre à cinq kilomètres de Limoges, mon conducteur me dit :

« Devinez, voisin, quel est le personnage que nous conduirons demain avec nous à Bassignac ?

— Comment voulez-vous que je devine ?

— En effet, vous auriez de la peine à rencontrer juste. Je vais chercher un père franciscain.

— Ah bah !

— C'est comme cela, Bastien. mon filleul, est, comme vous le savez, très malade. Le pauvre garçon m'a supplié d'aller lui chercher le père Anselme, auquel il désire faire sa dernière confession. Je n'ai pas pu lui refuser ce service. Vous ne connaissez pas l'histoire de Bastien, puisque vous n'habitez chez nous que depuis six ans; il faut que je vous la raconte. Vous pourrez la redire, si vous le jugez à propos, aux lecteurs de *l'Ouvrier*, par exemple, avec de plus belles phrases et d'autres mots que le langage d'un pauvre fermier. Or donc, il y a environ quinze ans que je fis marier mon filleul Bastien

avec une petite-nièce de la belle-sœur de ma
femme. Je ne tardai pas à m'en repentir. Voyez-vous,
voisin, moins on se mêle de mariages, et mieux cela
vaut. Il est vrai que si les vieilles gens ne s'occu-
paient pas de marier la jeunesse, celle-ci se marie-
rait encore plus mal. Bref, c'est une matière difficile
et périlleuse. Quoique Odette fût jolie, sage, douce
et plus riche que son mari, qui n'avait rien, Bastien
ne tarda pas à prendre goût au café et au cabaret.
Deux ans après son mariage, et lorsqu'il était déjà
père d'un enfant, le malheureux rentrait chez lui
passé minuit, ayant perdu au jeu cinq francs, dix
francs, vingt francs et plus. De joueur, il devint
ivrogne, ce qui n'est pas malaisé; alors il cassa la
vaisselle, écorna les meubles, fit pleurer son fils et
battit sa femme. Vous comprenez que cet état de
choses ne pouvait durer. Le tribunal de Bellac pro-
nonça la séparation de corps et de biens entre les deux
époux. Odette retourna chez ses parents, et Bastien
s'enfonça de plus en plus dans le jeu et l'ivrognerie.
Il y avait dix-huit mois qu'il menait cette belle vie,
lorsque le père Anselme vint en carême prêcher une
mission à Bassignac. Outre le menu fretin des pécheurs comme vous et moi, le saint homme prit dans
ses filets quatre ou cinq gros poissons, parmi lesquels
Bastien. Mon filleul se confessa et communia, après
quoi il alla demander pardon à sa femme. Quinze
jours plus tard ils étaient réunis, à la grande édifica-
tion de la paroisse.

— Et cette conversion fut solide? dis-je.

— Attendez ! Elle dura deux ans. Au bout de ce
temps, Bastien fut ramené au cabaret par un ancien

camarade. Il jouait et buvait moins qu'autrefois;
pourtant il ne fallait pas s'y fier. J'écrivis au père
Anselme que s'il passait près de Bassignac, il ferait
une belle œuvre de charité en venant dire deux mots
à un certain Bastien, lequel oubliait ses résolutions
et ses promesses. Le franciscain fit le voyage exprès,
et sermonna si bien mon filleul, que le mari d'O-
dette, sans être jamais devenu précisément un mi-
roir de vertu, est resté dès lors honnête homme et
bon chrétien. Il n'a plus que quelques jours à vivre :
j'aurais cru faire péché que de lui refuser la consolation de revoir celui qui l'a remis dans le bon chemin de la vie, et, il faut l'espérer, dans le bon chemin
du ciel. »

Lorsque j'eus causé longuement le lendemain avec
le père Anselme dans la voiture qui nous conduisit
à Bassignac, je ne fus pas surpris qu'il eût converti
Bastien; il était capable d'en convertir bien d'autres.
Instruit, humble, plein de douceur et de franchise,
simple et éloquent, il réalisait le type du missionnaire apostolique. Je ne m'étonne pas que les
francs-maçons, les libres penseurs, les solidaires,
les internationaux, les radicaux et toute la séquelle
détestent les religieux. Ceux-ci sont, en effet, un
grand obstacle à leurs sinistres desseins. Par exemple,
je ne comprends pas que les honnêtes gens, les
hommes d'ordre, les conservateurs, et, s'il faut le
dire, certains catholiques nourrissent des préjugés
contre ces infatigables ouvriers de la sainte Église.
Plût à Dieu que chaque paroisse de France entendît
de loin en loin la voix d'un père Anselme ! Je ne
dis pas que tous les Bastiens en profiteraient, mais

plusieurs seraient convertis ; n'y en eût-il qu'un seul de changé, c'est un résultat que la raison, la philosophie et la sagesse humaine n'obtiendront jamais.

J'ai dû le dire bien souvent dans *l'Ouvrier;* mais c'est une vérité trop importante pour que je ne la répète pas à l'occasion. L'Église catholique est la seule institution qui convertisse véritablement les pécheurs ; par conséquent, c'est la seule société religieuse qui vienne de Dieu et de son Fils Notre-Seigneur Jésus-Christ.

On eût dit que Bastien n'attendait pour mourir que le père Anselme. Il expira quelques heures après avoir reçu les derniers sacrements, avec une piété qui acheva de faire oublier à Dieu et aux hommes les erreurs de sa vie.

Une belle mort ! Encore une chose que l'Église catholique sait seule faire. Bastien, assez ignorant et grossier, trouva pour le père Anselme, pour sa femme, pour son parrain, pour tous les assistants, des paroles pleines de cœur et de délicatesse. Grâce à la religion, cet ancien débauché, séparé par la loi de sa femme, fut regretté et pleuré de toute la commune. Combien eût-il fallu de numéros du *Siècle,* du *Rappel* et de volumes de la *Bibliothèque démocratique* pour produire ce résultat ?

Je conçois, jusqu'à un certain point, qu'on ne reconnaisse pas les bienfaits surnaturels de la religion catholique ; quant à ses bienfaits sociaux et à son utilité pour la vie présente, il faut être aveugle pour ne pas les voir, et menteur pour ne pas les avouer.

XVI

En ce temps-là, il y eut du bruit dans Bassignac.
Le conseil municipal se partagea en deux fractions
inégales sur la question de savoir comment il fallait
recevoir le nouvel évêque, venant visiter pour la
première fois la paroisse. La majorité soutint que la
commune, étant laïque, n'avait rien à démêler avec
l'autorité ecclésiastique; elle devait ignorer s'il exis-
tait un évêque et un sacrement de confirmation. La
minorité répondit que, laïque ou non, la commune
de Bassignac était chrétienne et catholique; il lui
fallait, par conséquent, recevoir le chef du diocèse
avec honneur et respect, selon les anciens usages. En
définitive, les deux cent quarante enfants qui allaient
être confirmés étaient de Bassignac, et fils, petits-
fils ou neveux de MM. les conseillers municipaux.
Peut-on ignorer que l'évêque va venir administrer le
sacrement de confirmation, lorsqu'on dépense cent
francs pour habiller de neuf, des pieds à la tête, un
fils et une fille appelés à être confirmés? Ce dernier
argument était à l'adresse de Lobligeois, un conseiller municipal, libre penseur dans la vie publique
et chrétien dans la vie privée. Pour mieux dire,
l'argument était à l'adresse de tous les conseillers
municipaux de Bassignac. Quelle grimace ces laïques
auraient faite si M. le curé ou Mᵍʳ l'évêque avaient
refusé les sacrements de l'Église aux petits Bassignacquois!

Pas n'est besoin de dire que le père la Luzerne

se trouvait de la minorité, et à la tête des conseillers votant pour qu'on fît à l'évêque une réception officielle.

« Voisin, me dit-il par-dessus le buisson de nos deux jardins, je crains bien que la municipalité de Bassignac ne se fasse moquer d'elle. C'est Louchard qui est chargé de faire le rapport sur la façon de recevoir Monseigneur. Il va conclure à la suppression de l'arc de triomphe et de la harangue officielle. Je ne serais même pas étonné qu'il repoussât la demande d'un balayage extraordinaire, quoique le besoin s'en fasse généralement sentir. Depuis deux jours, Louchard est enfermé chez lui, en compagnie de Martin l'huissier, du petit Levert et d'un panier de vin de Périgord. Vous verrez qu'il sortira de là quelque pièce d'éloquence. Nous avons une séance ce soir, je vous raconterai demain comment les choses se seront passées.

— Faites mieux, voisin, répondis-je, tâchez de m'apporter en toutes lettres le rapport de Louchard.

— Je tâcherai, répondit le vieux fermier; le secrétaire de la mairie ne me refusera pas un service, quoique je sois de la minorité et l'adversaire du maire. »

Le lendemain, mon voisin me tendait par-dessus le buisson une feuille de papier contenant le rapport de Louchard.

Voici ce morceau d'éloquence municipale et laïque :

« Messieurs ,

« Votre commission a dû, tout d'abord, s'infor-

mer de la façon dont avait été reçu par la municipalité l'ancien évêque.

« Elle a constaté :

« 1° Qu'il fut dressé à l'entrée du bourg un arc
de triomphe, lequel coûta vingt-cinq francs ;

« 2° Que l'homme à la mitre y fut harangué par
M. le maire, suivi de tous les conseillers municipaux ;

« 3° Que nos six pompiers, casque en tête et fusil
au bras, furent placés de distance en distance sur
le parcours du cortège ; .

« 4° Que la grande rue fut balayée extraordinaire-
ment.

« Or votre commission vous propose, par ma
bouche, de ne suivre aucun de ces errements.

« L'arc de triomphe est contraire à l'austérité ré-
publicaine et à la démocratie égalitaire ; n'encoura-
geons pas le faste ; ne continuons pas les prodigalités
ruineuses et haussmanesques qui ont signalé le règne
de l'homme de Sedan.

« Une députation du conseil municipal serait in-
compatible avec l'opinion que votre commission pro-
fesse sur la nécessité prochaine de la séparation de
l'Église et de l'État. La commune est laïque ; M. le
maire, laïque ; les conseillers, laïques. Nous igno-
rons s'il existe un diocèse, un évêque, un curé, une
paroisse, et des enfants à confirmer.

« Quant aux pompiers, vous avez déjà décidé qu'ils
n'assisteraient pas aux processions de la Fête-Dieu.
M. l'évêque ne voudrait pas revendiquer pour sa personne un privilège refusé à son maître.

« Enfin, Messieurs, nous ne voyons pas la nécessité d'un balayage extraordinaire : avec des sabots et des précautions, on peut très bien se tirer d'affaire dans les rues de Bassignac. Que les délicats qui veulent des parquets cirés se les payent.

« Inutile, Messieurs, d'insister sur ces raisons, dont vous saisirez parfaitement la valeur et la force. »

Lorsque j'eus achevé cette lecture, le vieux fermier me dit :

« Ne faut-il pas être fou pour écrire de semblables choses ! La majorité a pourtant voté ces âneries. J'avais envie de donner ma démission ; mais M. des Brossards m'a montré que ce serait faire le jeu de Louchard et des autres. Nous resterons, lui et moi, dans le conseil, et nous allons organiser, avec M. le curé, une réception à Monseigneur dix fois plus belle qu'elle ne l'eût été si la municipalité s'en était chargée. MM. les laïques et libres penseurs en crèveront de dépit. Vous savez, voisin, que je n'aime pas à me mettre en évidence ; mais, pour cette fois, j'ai promis de porter un des bâtons du dais sous lequel Mgr l'évêque fera son entrée. On m'aurait dit d'écrire et de débiter la harangue, que j'aurais accepté, tant ces libres penseurs me font sortir de mon naturel ! »

Huit jours plus tard, Monseigneur arriva, et fut reçu admirablement par la population de la commune. Il était visible que tous les honnêtes gens voulaient faire oublier la sottise de la municipalité. M. des Brossards et le père la Luzerne portaient chacun un des bâtons du dais. Moi-même je fus forcé de tenir un cordon. J'admirais la simple et noble attitude du vieux fermier. Il faisait aussi bonne figure, en son genre, que M. des Brossards. Rien ne ressemble à un gentilhomme comme un paysan honnête et chrétien. Au lieu d'un arc de triomphe il y en eut trois, hauts comme des maisons et larges comme des portes de grange, avec des festons, des tapis, de la verdure et des drapeaux tricolores. J'ai su plus tard que le père la Luzerne avait contribué largement à la dépense.

Le sous-préfet de l'arrondissement, venu exprès pour la circonstance, et la gendarmerie du canton, remplacèrent avantageusement le maire et ses pompiers. Il y avait de longues colonnes de garçons vêtus de blouses neuves, et de filles habillées de blanc. Ce fut la nièce de M. le curé qui lut le compliment et offrit le bouquet. Monseigneur parla si bien à l'église et au cimetière, que les trois quarts des assistants pleuraient. Lorsqu'il parut sur la grande place, des centaines de voix crièrent : « Vive Monseigneur ! »

Les libres penseurs enrageaient. Les principaux d'entre eux s'étaient réunis au café de Bordeaux. Ils étaient là, aux fenêtres, la casquette sur la tête, la pipe à la bouche, armés de queues de billard, et l'air plus bête et plus insolent que de coutume.

Quelques sifflets partirent du café lorsque l'évêque fut arrivé en face avec son cortège. Monseigneur, sans plus s'émouvoir, se retourna au bruit, et donna aux siffleurs sa bénédiction. Les pauvres gens furent si abasourdis, qu'ils en firent tous le signe de la croix.

L'un d'eux, dans sa précipitation, laissa échapper sa queue de billard, qui tomba dans la rue.

On en rira longtemps à Bassignac.

Je rentrais chez moi, la cérémonie achevée, lorsque je rencontrai le père la Luzerne.

« Eh bien, voisin, lui dis-je, comment trouvez-vous notre nouvel évêque?

— Admirable ! Il parle comme un ange, prie comme un saint, et il est visible, à son air, qu'il doit travailler comme un apôtre. Aussi suis-je de plus en plus furieux de la conduite de la municipalité.

— Bah ! dis-je... Avez-vous entendu parler de Bossuet, père la Luzerne?

— Non, voisin.

— Il est mort il y a environ cent cinquante ans. Ce fut un des plus grands évêques de l'Église catholique, et le plus grand génie de la France. Il allait, lui aussi, donner la confirmation dans les bourgs et les villages. Je suis sûr que, s'il vivait de notre temps, il se rencontrerait un Louchard pour l'appeler un homme comme un autre, et lui refuser un coup de balai sur son chemin.

— Ma foi, voisin, répondit le vieux fermier, il pourrait bien lui arriver pis. Je ne serais pas étonné qu'il fût saisi et fusillé comme otage par quelque communard. »

Sur ce propos nous nous quittâmes...

XVII

Le père la Luzerne avait, comme tout le monde, son plaisir et sa peine. Son plaisir, c'était son grand pré des *Mouillères;* sa peine, Pierre, son fils cadet.

Parlons d'abord du grand pré.

Depuis un temps immémorial, tous ceux qui, venant de Limoges, approchaient de Bassignac, remarquaient, à un kilomètre de cette localité, une lande de plusieurs hectares, moitié tourbière et moitié jonc. Plusieurs disaient : Quel terrain inculte ! D'autres faisaient réflexion que cette grande bande de terre ne devait pas être d'une qualité bien inférieure au sol environnant, et qu'il serait possible, sinon facile, de la bonifier.

Le père la Luzerne, lui, ne disait rien ; mais ce n'était pas faute de penser. La preuve s'en vit lorsque, en 1862, on apprit qu'il venait d'acheter la lande des *Mouillères* au prix de deux mille francs.

La commune presque entière, faisant allusion à la nature marécageuse du sol acheté, dit :

« C'est deux mille francs jetés dans l'eau. »

Cependant le nouvel acquéreur se mit à drainer et à dessécher les *Mouillères.*

Au bout de trois ans, on fut tout étonné de voir du trèfle et du gazon pousser où croissaient les joncs et les herbes paludéennes. A la vérité, trèfle et gazon étaient clairsemés.

La quatrième année, le trèfle et l'herbe ressemblaient, à s'y méprendre, au trèfle et aux herbages du pays.

La cinquième année, le père la Luzerne fut obligé de construire un hangar, sa grange ne suffisant pas à serrer les fourrages qu'il récolta dans les *Mouillères*.

Alors les fils de M. Robertin, l'ancien propriétaire, demandèrent au tribunal de Bellac la résiliation de la vente faite par leur père. Ils prétendaient que ce dernier s'était trompé ou plutôt avait été trompé grossièrement.

Le tribunal repoussa la prétention des héritiers Robertin, en alléguant que les *Mouillères* ne valaient pas beaucoup plus de deux mille francs lors de leur vente. Si elles étaient estimées actuellement trente mille francs, c'était grâce au travail intelligent et persévérant de l'acquéreur. MM. Robertin fils étaient en âge d'homme lors de la vente; pourquoi, au lieu de se moquer du père la Luzerne, qui achetait, disaient-ils, une grenouillère, n'avaient-ils pas eux-mêmes drainé, desséché, transformé leur terrain? Il serait trop commode de ne rien faire et de bénéficer du travail d'autrui.

Les Robertin perdirent donc leur procès, et, sans la générosité du père la Luzerne, qui ferma la bouche à son avocat, ils auraient été condamnés à une forte amende pour les diffamations et calomnies dont ils s'étaient rendus coupables à l'égard du vieux fermier.

La prospérité des *Mouillères* alla toujours croissant. Ce terrain changea de nom, et on ne l'appela plus, dans tout le pays, que « le grand pré du père la Luzerne ».

Ce grand pré était la joie, l'honneur, la gloire et

5*

la fortune de mon voisin. Malgré sa modestie naturelle et son humilité chrétienne, le père la Luzerne s'échappa plus d'une fois à dire, en regardant son pré :

« Tout de même, je ne mourrai pas sans avoir fait quelque chose d'utile. »

Cette satisfaction si légitime du propriétaire était gâtée et troublée par des chagrins domestiques. Des huit enfants du vieux fermier sept prospéraient. Un seul vivait dans une pauvreté menaçant de devenir la misère et peut-être pis.

Ce n'était pas la faute du père la Luzerne. Que de fois il avait conjuré Pierre de rester à la campagne au lieu d'aller augmenter le nombre déjà trop grand des petits marchands de Limoges ! Pierre ne tint pas compte de ces conseils. Il vendit ce qu'il possédait à Bassignac de son chef et de celui de sa femme, et s'en alla à Limoges ouvrir un magasin de draperie et de mercerie, dont le besoin ne se faisait point sentir.

Au bout de deux ans, le fonds était mangé, et le malheureux marchand ne se soutenait qu'à l'aide des prêts et des dons de son père.

Ces secours ne suffirent pas à le préserver de la ruine totale.

Certain dimanche de juillet, après vêpres, me trouvant dans mon jardin, j'aperçus la fille aînée du père la Luzerne.

« Monsieur, me dit-elle, mon père vous prie de venir à la maison. Il est dans la peine et a besoin de vos consolations et de vos conseils. »

Je me hâtai de me rendre chez le vieux fermier.

Grande fut ma surprise en trouvant toute la famille

réunie; fils, filles, gendres et brus entouraient le chef de leur maison. Plusieurs étaient venus de loin. Il ne manquait que Pierre et sa femme. Tous ces braves gens étaient graves, silencieux et tristes. On eût dit une de ces réunions qui précèdent ou suivent les funérailles d'un membre de la famille.

Le père la Luzerne vint à ma rencontre à mon entrée dans la chambre, me serra les mains et me fit asseoir à sa droite. Après quoi il dit :

« Mes enfants, je vous ai mandés auprès de moi pour vous faire part d'une triste nouvelle. Une lettre reçue, il y a trois jours, de Limoges, m'apprend que Pierre est sur le point de faire banqueroute. Son passif est au moins de trente mille francs. »

A ces mots, un frémissement courut dans l'assistance. On s'attendait bien à de mauvaises nouvelles, mais on ne les croyait pas aussi tristes.

Cependant personne ne dit mot.

Le chef de la famille continua :

« Il n'y a jamais eu de tache chez les la Luzerne. Si Pierre est déclaré banqueroutier, il sera le premier de la famille qui ait fait tort à son prochain. Pourquoi le bon Dieu ne m'a-t-il pas pris avant que mes yeux aient vu un pareil malheur! Il n'y a qu'un moyen d'éviter ce déshonneur, c'est de vendre le grand pré et de payer les créanciers de votre frère. Quoique je sois le propriétaire des *Mouillères*, et libre d'en disposer à mon gré, je n'ai voulu rien décider sans avoir pris votre avis. Qu'en penses-tu, Léonard, dit-il en interpellant son fils aîné.

— Père, répondit Léonard en ôtant son chapeau et se levant, ce que vous ferez sera bien fait.

— Et toi, Martial? »

Le troisième fils répondit :

« Je pense comme l'aîné.

— Et vous, mon gendre? dit le vieux fermier à un grand et robuste gaillard nommé Silvain.

— Vendez le grand pré, dit Silvain, et autre chose si cela ne suffit pas. »

Tous les autres membres de la famille opinèrent de la même façon.

Cette conduite était vraiment héroïque. Le grand pré des *Mouillères* était la joie et l'honneur de toute la famille. Il avait été décidé qu'après la mort du père la Luzerne, il resterait indivis et serait cultivé par le fils aîné, qui donnerait à ses frères et à ses sœurs leur part du revenu annuel. Voir se fondre un pareil héritage, c'était dur !

« Voisin, me dit le vieux fermier, conseillez-moi, je vous prie, à votre tour. Ne fais-je pas tort à mes enfants en payant, à leurs dépens, les dettes de leur frère?

— Non, voisin, répondis-je tout ému. Quoique vous ne soyez pas responsable des actions de Pierre, il est certain que le déshonneur qui l'atteindrait rejaillirait sur vous et sur vos fils. L'honneur de votre nom vaut plus de trente mille francs. Vendez le grand pré, et gardez intacte l'antique réputation de probité des la Luzerne.

— Il sera donc fait ainsi, répondit gravement le vieux fermier. Je partirai ce soir même pour Limoges afin de terminer cette triste affaire. Qui m'eût dit, il y a trois mois, lorsque je refusai de vendre le grand pré à M. Maunoir, que j'irais sitôt le prier d'en faire l'acquisition ! »

XVIII

Ce n'était point un philosophe que le père la Luzerne : il regretta sincèrement son grand pré. Plus
d'une fois il lui arriva de faire un détour pour ne
pas passer devant les *Mouillères*. A la vérité on continuait d'appeler ce terrain le grand pré du père la
Luzerne ; mais était-ce une consolation ? Son chagrin
s'augmentait par la façon dont était traité, ou plutôt
maltraité, le sol dont il avait été le propriétaire. Le
trèfle se perdait, les joncs reparaissaient en abondance.
D'autre part, si Pierre avait été sauvé du déshonneur,
il n'en était pas moins ruiné et empêché d'élever ses
quatre enfants.

Ces soucis et les années pesaient lourdement sur
mon voisin. Chaque jour ses épaules se courbaient,
ses cheveux blancs devenaient plus rares. Nous cau-
sions bien toujours par-dessus le buisson, mais de
choses graves et religieuses.

« Voisin, me dit un jour le vieux fermier, est-il
vrai que le verset qu'on chante à la fin de chaque
psaume de l'office des Morts et qui commence par
ces mots latins : *Requiem æternam*, est-il vrai,
dis-je, que ce verset signifie : Donnez-leur le repos
éternel ?

— Oui, voisin.

— C'est un bon souhait.

— Quelles idées noires avez-vous là ? père la Luzerne.

— Ce ne sont pas des idées noires. J'ai rêvé la nuit

dernière que ma défunte femme m'appelait auprès d'elle en paradis. »

Malgré la diminution de ses forces, le vieux fermier essaya cet automne-là encore de tenir le manche de la charrue. Il dut y renoncer et rentrer au logis. Trois jours se passèrent sans qu'il parût dans son jardin. L'inquiétude me prit, et je franchis le buisson. Je trouvai le père la Luzerne assis tout vêtu sur son lit et récitant son chapelet.

« Vous arrivez à propos, voisin, dit-il, j'allais envoyer un de mes petits-fils vous prier de venir.

— Me voici, répondis-je, et tout à votre disposition.

— Merci, dit-il. Je voulais vous consulter au sujet de mon testament. Quoique la vente de mon grand pré et la position de mon fils Pierre ne me permettent guère de faire des libéralités, je ne voudrais pas mourir sans laisser quelque chose à l'église et aux pauvres. J'ai dessein de donner deux cents francs à la fabrique et deux cents francs au bureau de bienfaisance. Qu'en pensez-vous?

— C'est assez pour votre fortune.

— Je suis bien aise que vous m'approuviez. Rendez-moi le service d'aller chez M. le curé le prier de venir me voir demain. »

Deux jours plus tard, le vieux paysan reçut le viatique et l'extrême-onction. Il s'éteignit doucement le propre jour de la Toussaint, au coucher du soleil et au moment où l'on chantait les vêpres des Morts. Comme ses enfants ne le croyaient pas aussi près de sa fin, il n'y avait autour de son lit que sa fille Jeanne et moi. Il avait voulu que tout son monde allât à l'office. Je fus le seul à recevoir son dernier soupir ; car Jeanne avait couru à l'église avertir son mari, ses fils et ses beaux-frères.

« Voisin, me dit le père la Luzerne, je vous honorais et vous aimais bien, ne m'oubliez pas et priez quelquefois pour moi quand vous serez dans votre jardin et près du buisson. »

Ce furent, je crois, ses dernières paroles.

FIN

DERRIÈRE UN PILIER

I

Je ne manque jamais, comme presque tous les voyageurs, de visiter les églises des villes où je séjourne un peu. Les églises sont nos monuments les plus beaux, les plus anciens et les plus français. Les fous furieux qui veulent *décatholiciser* et *internationaliser* la France devront commencer par *pétroliser* ses édifices religieux. C'est bien leur projet. Heureusement il y a loin de la coupe aux lèvres, de la torche incendiaire à la charpente, et nos vieilles cathédrales continueront d'écraser de leur majesté séculaire les pygmées qui les insultent en passant.

Heureux qui, dans une visite à un édifice religieux, apporte, outre la curiosité du voyageur, la foi du chrétien! Je faisais ces réflexions et d'autres de ce genre, dimanche dernier, dans une des plus belles églises catholiques du centre de la France. Le monument avait été visité dans toutes ses parties, ma petite prière était achevée, j'allais sortir, lorsque mon attention fut attirée par l'entrée de plusieurs jeunes gens de treize à dix-sept ans. Ils arrivaient un à un

ou par petits groupes, prenaient de l'eau bénite, s'age-
nouillaient un instant et disparaissaient par une porte
latérale. J'en comptai au moins soixante.

Les offices étaient terminés, l'église était vide : où
pouvaient aller ces jeunes gens?

Je suivis les derniers venus, et me dirigeai vers la
porte par laquelle je les avais vus disparaître.

Un grand et beau suisse, armé d'une hallebarde,
m'arrêta.

« On ne passe pas, dit-il.

— Et pourquoi ?

— C'est la consigne.

— Très bien; mais dites-moi au moins où vont ces
jeunes gens.

— Ils vont au catéchisme de persévérance de M. l'abbé
Cousturier.

— Et il n'y aurait pas moyen d'entendre l'abbé
Cousturier ?

— Impossible, la salle ne s'ouvre qu'aux persévé-
rants.

— C'est que je suis un ancien élève des catéchismes
de persévérance. »

Le suisse me regarda, et voyant que je parlais sérieusement, il me montra un pilier en me disant :

« Si Monsieur veut se mettre là, je laisserai la porte
entr'ouverte, et Monsieur pourra entendre parfaitement et voir d'une façon suffisante.

— Je vous remercie, » dis-je en allant me placer
derrière le pilier.

Le suisse avait raison, on entendait parfaitement, et
on voyait d'une façon suffisante.

L'abbé Cousturier devait avoir environ quarante

ans. Il était grand, maigre, avec de longs cheveux gris,
blancs aux tempes. La voix était claire, perçante, sans
fausse onction; la parole simple, naturelle, un peu
saccadée et négligée. Du haut de la chaire et en pleine
église, cette action oratoire eût péché par un peu trop
de laisser aller; dans cette salle de catéchisme, elle me
parut fort à sa place.

L'auditoire se composait d'une soixantaine de jeunes
chrétiens, pouvant avoir, je l'ai dit, de treize à dix-
sept ans.

Une douzaine avaient des blouses fort propres, les
autres des vestes et des redingotes, sept ou huit des
pardessus riches. Toute cette jeunesse était placée
au hasard et sans ombre de distinction. Les premières places avaient été occupées par les premiers
arrivants. Après une courte prière et quelques stro-
phes d'un cantique, l'abbé Cousturier prit la parole :

« Mes enfants, dit-il, il a été perdu, dimanche dernier, dans cette salle, un porte-monnaie contenant de
l'argent. Appartient-il à quelqu'un d'entre vous? »

Un charmant blondin de quatorze ans se leva et
dit :

« J'ai perdu un porte-monnaie où il y avait trois
francs et six sous.

— Celui qui m'a été remis contient précisément
cette somme, venez le chercher. »

L'enfant se leva, alla prendre le porte-monnaie,
et revint joyeux à sa place, tout en comptant son
argent.

« C'est chose si simple, dit l'abbé Cousturier, de
rendre un objet trouvé, qu'il n'y a pas lieu de compli-

menter celui d'entre vous qui m'a remis le porte-
monnaie. Je ne veux même pas le nommer. Il vaut
mieux gronder l'étourdi qui a perdu sa bourse. »

Je vis à travers la porte le blondin faire une légère
grimace, et tout l'auditoire sourire.

« Vous n'avez pas d'ordre, Mourail, dit l'abbé
Coustarier; voilà, depuis l'ouverture du catéchisme,
le cinquième ou sixième objet que vous laissez s'éga-
rer. Livres, parapluies, mouchoirs, casquette, vous
semez tout sur votre passage. Je crois que vous per-
driez vos deux oreilles si elles n'étaient pas si grandes
et si bien attachées. (Rire général.) Tâchez d'être plus
soigneux. L'esprit d'ordre est autant que la propreté
une demi-vertu.

« Et maintenant, mes enfants, je vais vous donner
un avis général et très important.

« Nous touchons à la grande fête de Noël; il n'y a
pas d'occasion meilleure pour vous approcher des
sacrements. On est si faible et si fragile à votre âge,
mes pauvres enfants, si on n'a pas avec soi la force
et la vertu de Dieu! Sans doute il sufût, à la rigueur,
de communier à Pâques; mais je ne conseille à personne de s'en tenir à cette règle stricte. Vous rendrez
si heureuses vos mères en les accompagnant, la nuit
ou le jour de Noël, à la sainte table! Je suis à votre
disposition la plus entière. Venez chez moi à toute
heure disponible. Je vous avouerai néanmoins que je
préférerais vous voir venir à l'église et à mon confes-
sionnal. Il y en a qui cherchent des chapelles retirées,
des églises désertes; ce n'est guère courageux. Tant
de gens se glorifient du vice; pourquoi rougirions-
nous de la vertu et de la piété?

« Je vais à ce propos vous raconter une histoire parfaitement authentique.

« Un grand pécheur qui avait conservé la foi songeait depuis plusieurs semaines à se confesser. Dix fois il était venu à l'église dans cette intention, et dix fois il en était sorti avec le fardeau de ses péchés sur la conscience.

« — Je ne voyais, me disait-il, que des femmes autour des confessionnaux et de la table sainte ; j'avais honte de me mêler à elles et de les imiter. Un dimanche matin, j'aperçus un jeune homme qui s'en alla communier entre une pauvre servante et une vieille dame : ce spectacle me toucha et m'émut, il vainquit mes irrésolutions. Huit jours plus tard, j'allais moi aussi à la sainte table. »

« Heureux le jeune homme qui détermina cette conversion ! Allons ! mes enfants, plus de respect humain. Il n'est pas nécessaire d'être gentilhomme, il suffit d'être chrétien pour répéter la belle parole de Montalembert : « Nous sommes les fils des croisés, « et nous ne reculerons pas devant les fils de Vol- « taire. »

Ce langage paraîtra bien simple au lecteur ; il l'était en effet, et néanmoins comme cette jeunesse était saisie ! On le voyait à son recueillement, à son attitude, à ce je ne sais quoi qui enlève l'auditoire subjugué.

« Voilà, ajouta l'abbé Cousturier, un préambule bien long : il est temps d'arriver au sujet de la leçon d'aujourd'hui. Nous allons parler du jurement ou serment. »

A cet endroit du discours du catéchiste, le suisse,

voyant mon air attentif, me porta une chaise sur laquelle je m'assis avec plaisir.

« Nous avons défini le jurement, dit l'abbé Cousturier, un acte de religion par lequel on prend Dieu à témoin. Pourriez-vous me dire, Nicolet, pourquoi le jurement ou serment est un acte de religion? »

Nicolet se leva, se gratta le front, et resta muet.

« Et vous, Méchin ? »

Méchin répéta la manœuvre de Nicolet.

« Que celui qui croit pouvoir répondre à ma question se lève. »

Nul ne bougea.

« Vous voyez, mes enfants, continua l'abbé Cousturier, combien est utile le catéchisme de persévérance. Faute de l'avoir suivi, beaucoup de chrétiens ignoreront toute leur vie le vrai sens des formules qu'ils ont apprises pendant le catéchisme préparatoire à la première communion. J'ai vu des instituteurs et des bacheliers ne pas pouvoir répondre à la question que je vous adressais tout à l'heure; pourquoi le jurement est-il un acte de religion ? Écoutez-moi, et vous allez le comprendre tous, car c'est très simple.

« Le jurement est un acte de religion, parce que prendre Dieu à témoin de la vérité de ce que l'on dit ou de la sincérité de ce que l'on promet, c'est reconnaître que Dieu existe, qu'il est la vérité même, qu'il ne peut ni se tromper ni tromper personne, qu'il connaît tout, même les choses les plus secrètes et les plus cachées. Ainsi, par le serment ou jurement, on rend hommage aux principales perfections de Dieu.

« Le serment est donc bon en soi; il ne devient

un péché que lorsqu'il a lieu sans nécessité, ou contre la vérité, ou pour promettre une chose mauvaise.

« Ne jurez jamais, mes enfants, sans nécessité : outre que vous offenseriez Dieu, vous donneriez à ceux qui vous entendraient la plus triste opinion de votre véracité et de votre sincérité.

« Il n'y a que les menteurs qui éprouvent le besoin de mettre des serments au bout de toutes leurs paroles.

« Ne commettez jamais de parjures. Le parjure est l'acte de celui qui jure contre la vérité, ou qui viole la promesse qu'il a confirmée par serment.

« C'est un des plus grands crimes qui se puissent commettre. Les païens eux-mêmes l'avaient en horreur et le punissaient sévèrement.

« Il s'agirait de sauver votre fortune, votre réputation, votre vie, celle de vos parents, qu'il ne faudrait pas vous parjurer.

« Le serment fait devant la justice et les tribunaux s'appelle aussi témoignage.

« Le faux témoignage est un crime, et le Code pénal le punit en matière civile de la réclusion, et en matière criminelle des travaux forcés.

« — Brrr..., » fit Nicolet, qui paraissait le plus dégourdi de la bande.

« Vous voyez que c'est grave, et combien sont coupables et insensés les faux témoins. C'est pourtant un crime qui n'est pas rare. On assure qu'en certains pays il se trouve des gens prêts à jurer tout ce qu'on veut pour de l'argent. Plusieurs en font une espèce de métier et de profession.

« A ce sujet, je lisais l'autre jour dans mon journal l'anecdote que voici.

« Je vous la conte, sans en garantir, bien entendu, l'authenticité.

« Un monsieur voyageant en Normandie rencontre un petit paysan avec lequel il lie conversation.

« — Que fait ton père, mon petit? lui dit-il.

« — Il est témoin, Monsieur.

« — Et ton frère?

« — Il est témoin.

« — Et toi, que fais-tu?

« — J'apprends à témoigner. » (Rire général et qui se prolonge sur tous les bancs du catéchisme.)

« Il y a, continua l'abbé Cousturier, des serments mauvais contre lesquels je dois vous mettre en garde. Ce sont ceux qu'exigent, des malheureux qu'elles embauchent, les sociétés secrètes, la franc-maçonnerie et l'internationale, par exemple. Ne mettez jamais le bout du petit doigt dans cet engrenage de l'enfer; autrement la main y passera, puis le bras, puis la tête, puis le corps et l'âme. L'Église excommunie ceux qui demandent de pareils serments et ceux qui les prêtent. Il me semble que c'est vous en dire assez.

« Voyons, Nicolet, vous avez l'air de vouloir me faire une question?

« — C'est vrai, monsieur Cousturier.

« — Eh bien! expliquez-vous, mon enfant.

« — Je voudrais vous demander ce qu'il faut penser du serment politique, s'il est permis de le demander, de le prêter, et jusqu'à quel point on est obligé de le tenir.

« — Oh ! oh ! répondit l'abbé Cousturier, voilà une question grave, et qui exigerait de longues explications. Je ne vous dirai que ce qui est essentiel. Un gouvernement légitime, ou du moins légal, peut demander à ses fonctionnaires de lui prêter serment de fidélité. C'est au fonctionnaire de bien peser la formule du serment et de voir à quoi elle engage. Une fois le serment prêté, il faut le tenir comme tous les autres serments.

« Voici l'heure, mes enfants, nous allons réciter la petite prière à la sainte Vierge, et vous vous retirerez plus silencieusement que dimanche dernier : il m'a semblé que la sortie avait été un peu trop bruyante. Est-ce que la maison de Dieu est un séjour d'ennui pour s'en échapper ainsi comme une troupe d'étourdis ? »

Il était exigeant l'abbé Cousturier ! Pour moi, je trouvais on ne peut plus sérieuse et édifiante cette jeunesse.

J'assistai au défilé du catéchisme de persévérance. Quelles bonnes, franches et souriantes figures ! Puissiez-vous, pauvres enfants, rester toute votre vie fidèles aux enseignements de l'abbé Cousturier !

II

Le dimanche suivant, j'étais, à l'heure du catéchisme de persévérance, derrière mon pilier. La soirée était d'une douceur et d'une beauté ravissantes, des flots de promeneurs emplissaient les places et les boulevards. Je m'attendais à voir l'auditoire de l'abbé Cousturier bien diminué. Il n'en fut rien, et j'admirai la foi de ces jeunes gens qui sacrifiaient le plaisir de la promenade à l'attrait toujours un peu austère d'une instruction religieuse. Le sacrifice était d'autant plus méritoire que les membres du caté- chisme de persévérance, étant écoliers, apprentis ou bien ouvriers, n'avaient guère que le dimanche de libre.

« Mes enfants, dit l'abbé Cousturier, le catéchisme sera très court aujourd'hui, parce que je dois aller porter les sacrements à un mourant. Je me bornerai à vous faire une communication qui vous attristera, j'en suis sûr. Pour moi, elle me cause un grand cha- grin.

« Vous ne verrez plus sur ces bancs Jules Michelet. Il vient d'entrer comme apprenti dans une usine où l'on travaille régulièrement tous les dimanches et jours de fêtes, depuis cinq heures du matin jusqu'à six heures du soir. En revanche, la manufacture est fermée le lundi.

« A peine cette nouvelle m'a-t-elle été connue, que j'ai fait prier Michelet de passer chez moi. Vous devinez que c'était pour lui faire des représentations amicales. Je lui ai rappelé qu'en travaillant le di- manche et en manquant la messe on commettait deux péchés mortels, parce que l'on violait deux comman- dements.

« Le pauvre enfant m'a répondu en pleurant qu'il n'avait pas été consulté par son père, auquel le pro- priétaire de l'usine avait fait des conditions si avantageuses, qu'elles avaient été acceptées du premier coup. Il paraît qu'il y a un traité conclu et signé.

« Jules m'a promis d'aller le dimanche à la messe de quatre heures et demie; il s'engage aussi à ne pas travailler ce jour-là, dès que cela lui sera possible.

« Hélas! je crains bien que ces deux promesses ne soient guère tenues, et que Michelet ne se trouve pour longtemps dans une mauvaise voie.

« Ah! mes enfants, je vous en conjure, n'oubliez pas ce que je vous ai dit si souvent sur la liberté du dimanche, et l'obligation où vous êtes de la défendre contre vos patrons et contre vos parents eux-mêmes.

« N'attendez pas le moment d'entrer en apprentissage. C'est dès aujourd'hui qu'il faut prier respectueusement votre père et votre mère de ne vous placer jamais que chez un patron chrétien, ou du moins chez un honnête homme, qui ne vous impose pas des conditions contraires à votre conscience.

« Quels parents pourraient refuser cela à un enfant laborieux, obéissant et respectueux?

« Au besoin, venez me trouver. Je parlerai à votre père et à votre futur patron, et quoique je ne sois qu'un pauvre prêtre sans talent, sans fortune et sans crédit, je vous aime tant, que le bon Dieu m'inspirera et me fera réussir.

« Je vous l'ai dit cent fois, et je vous le répète: vous êtes perdus, perdus corps et âmes, si vous vous laissez enlever la libre disposition du dimanche.

« Quinze ans d'expérience ont fixé sur ce point ma conviction.

« Le jeune homme qui ne sanctifie pas le dimanche chômera bientôt le lundi.

« On va au théâtre, au café et au cabaret, dès qu'on cesse d'aller à l'église! c'est logique et fatal.

« Allons! n'est-ce pas, mes enfants, que vous serez plus prudents et plus courageux que Michelet?

« — Oui, monsieur Cousturier, oui, s'écria tout d'une voix le catéchisme.

« — Mais, Monsieur, dit Nicolet, comment faire si on apprend un de ces états qui obligent à travailler tous les dimanches? J'ai pour voisin un jeune homme, chauffeur d'une locomotive, qui conduit précisément le train du dimanche. Il m'a avoué qu'il y a six ans qu'il n'est allé à la messe. Pour lors, il faut donc qu'il quitte son état?

« — Vous êtes terrible avec vos questions, Nicolet. Envoyez-moi votre chauffeur, et, après avoir réfléchi et consulté de plus sages que moi, je lui dirai ce qu'il doit faire. En attendant, je vous conseille beaucoup de n'apprendre ni cet état ni d'autres états de ce genre.

« — Faut pourtant des chemins de fer, répondit d'un ton mutin Nicolet.

« — Sans doute, répliqua en riant l'abbé Cousturier; mais si ceux qui sont à la tête des chemins de fer le voulaient bien, ils pourraient parfaitement concilier les exigences du service avec l'accomplissement des lois de Dieu et de l'Église. Tant que cela ne sera pas fait, je répète qu'un chrétien soucieux de son salut doit éviter la profession de chauffeur, de mécanicien, et toutes celles qui ne laissent pas le temps de remplir les devoirs religieux les plus essentiels. — *Porro unum est necessarium.* Dupré, vous qui êtes en quatrième, expliquez à vos camarades ce latin-là, qui vient de l'Évangile.

« — *Après tout, une seule chose est nécessaire,* dit Dupré.

« — Eh! oui, mes pauvres enfants, dit l'abbé Cousturier, après tout, il n'y a de nécessaire que de sauver son âme et de gagner le ciel. »

Sur ces paroles, le catéchisme fut terminé, et je quittai mon pilier.

III

Certain jour, j'arrivai un peu tard au catéchisme de persévérance et derrière mon pilier.

L'abbé Cousturier expliquait à son jeune auditoire le précepte du Décalogue qui ordonne d'honorer les parents.

Comme de coutume, sa parole était simple et pratique, beaucoup plus qu'éloquente et savante.

« C'est une chose remarquable, mes enfants, disait-il, que Dieu ait attaché des bénédictions et des grâces temporelles à l'accomplissement de nos devoirs envers nos parents. *Honora patrem tuum et matrem tuam, ut sis longævus super terram.* Ces paroles de la sainte Écriture sont traduites ainsi par le catéchisme: *Tes père et mère honoreras, afin que tu vives longuement.*

« Ça ne veut pas dire que tous ceux qui honorent leurs parents doivent vivre un siècle, ni que celui qui répond mal à son père mourra dans la huitaine. Ces paroles signifient que Dieu récompensera même en cette vie les enfants aimants et respectueux.

« Par contre il châtie très souvent en ce monde les mauvais fils.

« Écoutez une histoire qui m'a été racontée par un prêtre, lequel avait connu les personnages qui y figurent, puisqu'ils étaient ses paroissiens.

« Un vieux paysan, nommé Pierre Menu, ayant commis l'imprudence de se dépouiller de son bien en faveur de Martin Menu, son fils, se voyait récompensé par des humiliations et des avanies. Il voulut se plaindre et fut plus maltraité.

« On lui coupait son pain; un fagot de deux sous devait, en hiver, le chauffer pendant trois jours; on faisait à haute voix des plaisanteries sur la manie qu'ont les vieillards de vouloir s'éterniser ici-bas.

« C'était dur à entendre pour un homme qui, à force de travail, était arrivé de la condition de valet de charrue à celle de propriétaire d'une métairie au labourage de quatre vaches, métairie qu'à l'âge de soixante ans il avait cédée à Martin, afin de lui facilité un mariage depuis longtemps désiré.

« Un jour, le vieillard, n'y tenant plus, s'écria :

« — Misérable, sois maudit! Puissent tes enfants te rendre au centuple les tourments que tu me fais endurer!

« — Reprenez ces souhaits de bonheur, répondit en ricanant Martin Menu : je n'ai que faire de vos dons. »

« Longtemps on put croire que la justice divine n'exaucerait pas la malédiction paternelle. Tout réussissait à Martin Menu; ses champs étaient les plus fertiles du pays ; ses granges et ses caves regorgeaient ; ses étables, inaccessibles à l'épidémie, faisaient son orgueil.

« Chose extraordinaire, c'était le bonheur qu'avait le maudit du côté de sa famille.

« Ses quatre garçons ne lui parlaient jamais que chapeau bas ; ses trois filles lisaient dans ses yeux, avant qu'il parlât, non seulement ses ordres, mais ses moindres désirs.

« Ce mauvais fils était le père le plus honoré, le plus aimé et le mieux obéi qui fût à vingt lieues à la ronde.

« Cela surprenait et scandalisait même les gens de peu de foi.

« Patience ! disaient les autres ; toutes ces félicités sont des charbons ardents que Martin amasse sur sa tête.

« Et ce fut vrai.

« Martin Menu eut un de ses petits-fils qui, malgré les prières, les conseils et les reproches de ses parents, se lança dans une mauvaise voie.

« — Tranquillisez-vous, dit le grand-père aux parents désolés, j'irai à Paris et je vous en ramènerai cet enfant prodigue : vous pouvez, dès aujourd'hui, engraisser le veau qui servira au festin. Vous ne savez pas conduire la jeunesse : heureusement que je suis là. »

« Martin Menu partit, en effet, pour Paris, malgré ses soixante et quinze ans.

« Que se passa-t-il au juste entre l'aïeul et le petit-fils ? On ne l'a jamais bien su. Martin menu fut trouvé étendu sur le plancher, avec une blessure à la tête. Il ne survécut que huit jours, mourant de l'outrage encore plus que du coup.

« Son petit-fils, salsi, avoua qu'il avait frappé son grand-père et fut condamné à cinq ans de détention.

« Toute la famille Menu s'écroula dans la déconsidération et la misère.

« Voilà, ajouta l'abbé Cousturier, une histoire bien longue ; concluons. Il faut, je ne dis pas aimer vos parents : — les païens, que dis-je? les animaux le font ; — il faut les honorer et voir en eux Dieu lui-même, qui leur a délégué ses pouvoirs.

« Il y a des enfants qui doivent, lorsqu'ils seront grands, faire rouler leurs parents en carrosse : en attendant, ils les font mourir de chagrin par leur désobéissance, leur paresse, leur mauvaise conduite.

« Ce n'est pas demain, entendez-vous? c'est dès aujourd'hui qu'il faudra honorer vos parents et leur obéir.

« Maintenant, mes enfants, je vais vous communiquer une lettre que j'ai reçue hier. Vous savez peut-être qu'il y a quinze ans que je gouverne ce petit catéchisme de persévérance. Bien des enfants ont passé sur ces bancs, qui sont devenus des hommes honorables et de sérieux chrétiens.

« Ils sont ma gloire et ma couronne.

« Je compte qu'au jour du jugement le bon Dieu fera miséricorde au pauvre abbé Cousturier, à cause du catéchisme de persévérance.

« — Benoît, taisez-vous donc, là-bas, dans votre coin ; vous ne serez pas, je le crains bien, celui de mes disciples dont j'aurai à me glorifier au jour du jugement dernier.

« Je reviens à la lettre que j'ai reçue; la voici :

« Marseille, 15 janvier 1874.

« Monsieur et toujours très cher et très honoré maître,

« Un grand bonheur temporel vient de m'arriver. Mon patron me cède sa maison de commerce à des conditions telles, que c'est presque un cadeau qu'il me fait. Je suis arrivé, à trente ans, à une position que je n'espérais pas obtenir avant la fin de l'âge mûr, si j'y arrivais jamais. Il est évident que je dois aux principes chrétiens puisés au catéchisme de persévérance les quelques qualités qui ont plu à mon patron. »

L'abbé Cousturier, arrivé là, hésita et dit :

« Je saute quelques lignes peu intéressantes et j'arrive à la fin.

« Veuillez accepter, très cher et honoré abbé Cousturier, le billet de mille francs ci-inclus. Vous en donnerez la moitié aux pauvres de la paroisse, et le reste sera employé à l'œuvre de votre catéchisme. »

Cinq heures sonnant à l'horloge de l'église, m'avertirent qu'il était temps de quitter ma place et d'aller dîner.

IV

« Mes enfants, dit l'abbé Cousturier, nous vivons
à une époque où la religion est attaquée par toutes
sortes de gens. Il est à croire que dans vos écoles et
vos ateliers vous devez entendre bien des choses de
nature à vous troubler et à vous scandaliser. Je vous
ai souvent priés de me rapporter ce qui avait pu vous
faire impression. Quoiqu'il suffise d'un peu de foi et
de bon sens pour résoudre les objections de l'ignorance
et de l'impiété, néanmoins telle de ces objections peut
rester dans l'intelligence ou le cœur d'un enfant
comme une flèche empoisonnée. Il est donc besoin
qu'une main amie la retire.

« — Monsieur Cousturier, dit, en se levant, Louis
Gaudois, un écolier d'environ treize ans, je dois
vous dire que l'autre jour j'ai été fièrement tenté
de douter de la Providence et de l'efficacité de la
prière. Nous composions en version latine, et je
m'appliquais de mon mieux, car c'est une des
compositions qui comptent double. Mais, plus je
m'appliquais, moins je voyais clair dans mon latin. L'idée me vint donc de mettre les initiales des
noms de Jésus, Marie et Joseph en tête de ma co-
pie, afin d'attirer sur moi la protection de la sainte
Famille. A peine avais-je écrit J. M. J., qu'un de mes
camarades jette les yeux sur mon papier et me dit :

« — Tu crois donc, Louis, que le bon Dieu s'inté-
resse à ta version?

« — Certainement, répondis-je: Notre-Seigneur
Jésus-Christ n'a-t-il pas dit dans l'Évangile que pas

un cheveu ne tombait de notre tête sans la permission
de son Père céleste?

« — Sans doute, sans doute, répliqua mon camarade; cela n'empêche pas que, malgré ton invocation
à la sainte Famille, tu vas faire trois ou quatre contre-
sens, tandis que moi, qui n'invoque que saint Diction-
naire, je vais traduire mon morceau comme un vieux
professeur de rhétorique. »

« — Eh bien ! monsieur Cousturier, c'est arrivé
comme Léon l'avait dit : il a été premier et moi vingt-
troisième, c'est-à-dire avant-dernier.

« — J'espère, Louis, dit gravement M. Cousturier,
que le triomphe de votre camarade et votre échec ne
vous empêcheront pas de continuer à invoquer Dieu
dans toutes vos entreprises, grandes ou petites?

« — Certainement, monsieur Cousturier; mais c'est
égal..., c'est dur d'être avant-dernier dans une com-
position double ! Il ne faut plus que je compte sur la
seconde couronne d'excellence.

« — Vous aurez mieux que cela, mon enfant, répondit le catéchiste ; continuez à être bon chrétien, et
vous obtiendrez la couronne qui ne se flétrit pas.
Votre camarade, s'il ne change, s'achemine tout
doucement vers un lieu où les succès du collège
sont d'un faible secours et de petite consolation.
Voyez-vous cet esprit fort, qui se moque de la
Providence, parce qu'il réussit à traduire proprement vingt à trente lignes de Quinte-Curce ! Puissé-je
me tromper ! mais cet écolier me semble une de
ces natures plus brillantes que solides et plus
promptes que persévérantes, qui avortent et restent en route. Travaillez, mon cher Louis, priez

Dieu, et vous réussirez, même en ce monde, beaucoup mieux que tels et tels, qui avaient plus de
talent naturel que vous. *Nisi Dominus ædificaverit
domum*, etc... Cela signifie : C'est en vain qu'on bâtit
une maison et qu'on garde une ville, si le Seigneur
n'est pas avec ceux qui bâtissent la maison et qui
gardent la ville.

« Quelqu'un a-t-il encore quelque communication
de ce genre à me faire ?

« — Je désirerais savoir, dit un apprenti de seize
ans, s'il est vrai que la religion catholique soit plus
propre à faire des saints que des grands hommes.

« — Oh ! oh ! fit le catéchiste ; qui vous a dit cela,
Morizet ?

« — Je l'ai lu dans un journal, pas plus tard qu'hier.

« — Ce journal, mon cher enfant, ne sait pas le
premier mot de la question qu'il traite. Les saints
sont les vrais grands hommes. Les grands hommes
qui ne sont pas saints ne sont supérieurs que par
certains côtés et sous certains rapports. Ils n'ont pas
la grandeur totale et la gloire première. La sainteté
n'est autre chose que l'accomplissement du devoir et
la pratique de la vertu portée jusqu'à l'héroïsme.
Tous les saints sont donc des héros, quelque humble
qu'ait été leur position sur la terre. Et il le faut bien,
puisqu'ils sont sortis de la foule et qu'ils sont entrés
dans cette élite dont l'humanité se souvient. Peut-
être, mes enfants, ce que je vous dis là est-il au-
dessus de votre portée. En tous cas, c'est une question qui demanderait à être développée et expliquée
plus longuement. Nous y reviendrons. Ce qui im-
porte le plus, c'est de ne pas oublier que Dieu ne

nous demande pas d'être grands, mais d'être saints:
Sancti estote.

« — Pardon, monsieur Cousturier, dit un ado-
lescent, je désirerais savoir ce que je dois répondre
à un camarade d'atelier qui m'accuse de perdre mon
temps, parce qu'il m'a vu entrer parfois à l'église en
semaine.

« — Il faut lui répondre, dit l'abbé Cousturier,
qu'on ne perd pas son temps lorsqu'on va demander
à Dieu la lumière, la force et la persévérance. Je ne
connais pas le camarade dont vous parlez; mais je ne
serais pas étonné qu'il passât au café et au cabaret
beaucoup plus de temps que vous n'en passez à
l'église.

« — Oh! pour cela, oui, monsieur Cousturier : je
ne reste à l'église en semaine que le temps de dire
une dizaine de chapelet ou d'entendre une messe
basse, tandis que ce sont des demi-journées et des
journées entières que Laflammèche passe au cabaret.

« — Je m'en doutais. Et voilà les gens qui accusent
les chrétiens de perdre leur temps à l'église! Que je
vous raconte, à mon tour, mes enfants, une historiette qui vous amusera.

« J'allai voir, dimanche dernier, à l'entrée de la
nuit, un proche parent, qui habite à l'extrémité de
la ville ; arrivé sur la place de la Promenade, je
trouvai deux hommes ivres qui se soutenaient mu-
tuellement de leur mieux. Ils me reconnurent,
grâce à un bec de gaz, et l'un d'eux dit à son
camarade :

« — Tiens ! regarde l'abbé Cousturier, c'est la
réaction qui passe.. »

« Il faut vous dire, mes enfants, qu'aux yeux de beaucoup d'ouvriers je passe pour un réactionnaire enragé. A quoi cela tient-il? Je l'ignore. Ce qui est sûr, c'est que je sors du peuple, que j'aime le peuple, et que je m'occupe principalement du peuple. A la vérité, je vois plusieurs bourgeois, deux millionnaires et cinq ou six nobles; mais où prendrais-je ailleurs l'argent et la protection dont j'ai besoin pour mes pauvres et mes apprentis?

« Quoi qu'il en soit, ça m'amusa de m'entendre traiter de réactionnaire par ces deux hommes de progrès.

« — Et vous, mes amis, leur répondis-je, vous êtes le mouvement? »

« A mon retour, vers dix heures, je retrouvai, sur la même place de la Promenade, un de mes deux ivrognes; l'autre avait sans doute regagné son domicile ou y avait été reconduit. Il gelait, la nuit s'annonçait très froide; la plus simple humanité ne me permettait pas de laisser là ce malheureux. Je l'aidai donc à se relever.

« Quelle ne fut pas ma surprise en reconnaissant un jeune ouvrier de mon quartier? Je me rappelai d'avoir essayé, il y avait douze ou treize ans, de l'attirer au catéchisme de persévérance. Il y serait venu sans son père, qui s'y opposa.

« Ce père était un brave serrurier qui se piquait d'être mécanicien et philosophe.

« — Monsieur l'abbé, me dit-il, mon fils n'a pas besoin de vous pour marcher droit. »

« Vous voyez, mes enfants, que ce père était mauvais prophète, puisque j'ai ramassé son fils dans le ruisseau et l'ai reconduit, par une nuit d'hiver, jusqu'à son domicile.

« On ne m'ôtera pas de l'idée que je ne me serais pas trouvé dans l'obligation de lui rendre ce service, s'il fût venu au catéchisme de persévérance.

« Voici cinq heures qui sonnent; nous allons dire la petite prière d'usage et nous retirer en silence. A dimanche, n'est-ce pas, mes enfants?

« — Oui, monsieur Cousturier, oui, » cria d'une seule voix tout le catéchisme.

V

Certain dimanche, que j'étais derrière mon pilier, écoutant l'abbé Cousturier, je vis arriver dans l'église, par la porte latérale, l'évêque du diocèse, suivi d'un jeune prêtre qui devait être son secrétaire. Il se dirigea, après une courte prière, du côté où je me tenais, et entra sans frapper dans la salle du caté- chisme de persévérance. Je me risquai à le suivre.

« — Bonjour, monsieur l'abbé Cousturier, dit le prélat en serrant cordialement la main du vicaire ; bonjour, mes enfants. Je trouve enfin un moment pour venir vous voir, et je le saisis avec empresse- ment. Peu de choses m'intéressent autant que les catéchismes, et en particulier les catéchismes de persévérance. C'est, en effet, dans les catéchismes que se donne l'instruction religieuse ; or c'est sur l'instruction religieuse que repose la foi, sans laquelle il n'y a pas de vie chrétienne. Eh bien ! monsieur l'abbé, êtes-vous content de vos jeunes disciples ?

— Très content, Monseigneur.

— Savent-ils la lettre du catéchisme?

— Parfaitement.

— Saisissent-ils et retiennent-ils les explications?

— Oui, Monseigneur.

— Sont-ils pieux?

— Nous nous approchons des sacrements aux quatre principales fêtes de l'année.

— Alors c'est bien, et je n'ai que des félicitations à vous adresser. Continuez, mes enfants. Vous avez, nous avons tous deux choses à faire en ce monde : notre vie à gagner, et le ciel à conquérir. Quel que soit votre emploi, travaillez avec courage et persévérance. La paresse est un des sept péchés capitaux, et ce n'est pas un des moins dangereux et des moins pernicieux. L'apôtre saint Paul dit, dans une de ses épîtres, que celui qui ne veut pas travailler ne doit pas manger. Il faut que les jeunes gens du catéchisme de persévérance soient les plus laborieux de leur classe, de leur bureau ou de leur atelier. Un paresseux, s'il s'en glissait un seul dans vos rangs, les déshonorerait. Bien entendu, je parle d'un paresseux incorrigible, invétéré; car qui n'est pas un peu paresseux à certaines heures, et qui n'a pas besoin, sur ce point comme sur d'autres, de la miséricorde de Dieu et de l'indulgence des hommes?

« La vie, mes pauvres enfants, est et sera plus que jamais une mêlée. Malgré tous nos progrès, le pain, le couvert et le vêtement ne se donnent pas, tant s'en faut! Ils sont plus rares et plus chers qu'aux prétendues époques d'ignorance et de misère. Il faut les gagner au prix de ses sueurs. Donc, je le répète, travaillez.

« Mais au travail joignez la prière, la sanctification du dimanche, la fréquentation des sacrements, la lecture des bons livres, la vie chrétienne, en un mot ; parce que c'est peu de gagner sa vie, la vie courte, triste, mauvaise de ce monde, si on ne gagne en même temps et du même coup la vie bienheureuse et éternelle. Il y a des gens, particulièrement dans les classes laborieuses, qui ne comprennent plus cela. C'est un grand malheur, ou plutôt c'est le grand malheur duquel découlent toutes les calamités de l'individu, de la famille, de la patrie, de la société et de l'Église.

« J'ai d'autres visites à faire aujourd'hui à des groupes d'enfants comme le vôtre ; j'abrège donc cette entrevue, et je vous dis en finissant : Aimez beaucoup votre catéchiste. C'est à cause du catéchisme du persévérance, c'est-à-dire à cause de vous que je laisse à un poste modeste un prêtre de mérite : profitez de cette faveur. »

Là-dessus le prélat se retira après avoir donné aux enfants agenouillés sa bénédiction, dont je pris ma part.

VI

« Monsieur Cousturier, dit, en se levant, Louis Brissou, un jeune garçon de près de quinze ans, auriez-vous la bonté de me dire au juste ce que c'est qu'un vieux catholique ?

— Très volontiers, mon enfant, répondit l'abbé Cousturier; mais pourquoi me demandez-vous cela?

— Voilà, dit Brissou : vous savez que mon frère Louis est allé en Suisse pour se perfectionner dans son état d'horloger; il habite une petite ville nommée Carrouge, située à peu de distance de Genève. Il nous écrit de là une lettre où nous ne comprenons pas grand'chose. Il n'y est question que de vieux catholiques, de schismatiques, d'intrus, etc. etc.

« Le plus clair, c'est que Louis a cessé, depuis plusieurs semaines, d'aller à la messe le dimanche. Il nous donne pour raison que le prêtre qui dit cette messe est un vieux catholique.

« Mon père trouve la raison mauvaise et a écrit à mon frère qu'on doit, tous les dimanches, entendre une messe, quel que soit celui qui la dit.

« Mais ma mère n'est pas de l'avis de papa, et elle a écrit à Louis de n'avoir aucune relation avec les prêtres vieux catholiques.

« Pour lors, monsieur Cousturier, qui a raison ou de mon père ou de ma mère?

— Votre mère, incontestablement. Je suis heureux que l'idée vous soit venue de me demander une explication à ce sujet. Il s'agit d'une question on ne peut plus actuelle, et sur laquelle on doit avoir des notions claires et précises.

« Écoutez-moi donc, mes enfants, je vous ai conté assez d'histoires amusantes pour que vous vous en passiez aujourd'hui. Vous savez que le dernier concile général du Vatican a déclaré que le pape est infaillible. Cela revient à dire qu'il ne peut pas se tromper lorsqu'il parle, en qualité de pape, sur la foi et les mœurs. Les catholiques, en immense majorité, se soumirent respectueusement. Seuls, quelques orgueilleux, quelques ambitieux, des originaux, des toqués, des pointus ont déclaré que le concile se trompait, et qu'ils s'en tenaient, eux, au vieux catholicisme.

« Ces vieux-là et ces vieilles sont purement et simplement des hérétiques. Ce sont des schismatiques aussi. Voici, en effet, ce qui est arrivé. Certains gouvernements ayant expulsé des évêques et des prêtres qui avaient le tort de croire au dogme de l'infaillibilité du pape, il s'est rencontré quelques ecclésiastiques plus ou moins tarés qui ont osé prendre la place des prêtres fidèles. Ces vieux catholiques, déjà hérétiques et schismatiques, sont en outre intrus. Cela veut dire qu'ils sont entrés de nuit et par effraction dans la bergerie, au lieu d'y entrer de jour et par la porte.

« Évêques, ils ne sont pas en communion avec le pape ; prêtres, ils ne sont pas en communion avec leur évêque légitime. Ce sont, non des pasteurs, mais des loups qui ne visent qu'à croquer les brebis assez simples pour se tenir à portée de leurs griffes et de leurs dents.

« Pour conclure, mon cher Brissou, votre frère Louis a raison de ne pas aller à la messe d'un curé vieux catholique, hérétique, schismatique, intrus et excommunié par-dessus le marché.

« Mieux vaut cent fois se passer de messe le dimanche que d'en entendre une abominable et sacrilège.

« Il en est ainsi de tous les sacrements : on ne doit pas les recevoir des mains des prêtres intrus.

« La plupart, d'ailleurs, de ces sacrements n'auraient sur l'âme aucun effet.

« Et cela, parce que ceux qui osent administrer ces
sacrements n'en ont ni le droit ni le pouvoir.

« Ils manquent de juridiction.

« Comprenez-vous cela, mes enfants?

— Certainement, répondit pour tous le jeune
Brissou. Il y a pourtant, ajouta-t-il, une chose qui
m'embarrasse. Que devrait faire un mourant qui
n'aurait d'autre prêtre qu'un prêtre vieux catholique?

— Il devrait refuser son ministère. C'est ce que
fit l'infortunée reine de France Marie-Antoinette, la
veille de sa mort. Elle refusa d'écouter le prêtre
assermenté qui se présenta. Elle se confessa à Dieu,
et ne voulut pas qu'un misérable prêtre fît la sima-
grée de lui donner un pardon dont il avait besoin le
premier.

« Tout porte à croire que les vieux catholiques
ne franchiront pas la frontière française; mais, si ce
malheur arrivait, si cette calamité s'ajoutait aux
maux de notre pays, souvenez-vous, mes enfants,
qu'un bonhomme nommé l'abbé Cousturier, qui vous
aimait bien, vous a avertis de fuir le schisme comme
la peste.

« Au prêtre qui vous paraîtra alors tant soit peu
suspect, vous n'aurez qu'à dire : Croyez-vous, monsieur l'abbé, à ce que croit le chef de l'Église et à ce
que croit votre évêque? Pourriez-vous me montrer
un bout de papier authentique prouvant que vous
êtes pasteur légitime? Non? Eh bien! alors, laissez-
moi tranquille, monsieur l'abbé, je n'ai rien de

commun avec les vieux catholiques, les hérétiques, les schismatiques, les intrus et les excommuniés. »

VII

Ce jour-là, contrairement à son habitude, l'abbé Cousturier se fit attendre. J'admirai, à cette occasion, la discipline du catéchisme de persévérance. Au lieu de causer, de rire, de se livrer à des lazzi, comme n'aurait pas manqué de le faire une réunion d'écoliers, d'étudiants et même de gens plus âgés et réputés sérieux, les disciples de l'abbé Cousturier restaient silencieux et presque recueillis. A peine entendait-on quelques chuchotements, et ce vague murmure inséparable d'une réunion d'enfants dont l'aîné n'a pas dix-sept ans. La conscience, pensai-je, est le meilleur surveillant. Quelle économie nous ferions de gendarmes, de policiers, de sergents de ville et de maîtres d'étude, si les Français, grands et petits, civils et militaires, avaient plus de conscience !

L'abbé arriva au bout d'environ vingt minutes.

« Mes enfants, dit-il, je vous demande pardon de m'être fait attendre. Je sors de la prison, dont je suis aumônier. Je viens de voir, en ce triste lieu, un affreux spectacle. Il n'y a aucun inconvénient à vous raconter un fait public, dont le journal parlera certainement demain.

« Un des détenus a essayé de se pendre. Heureusement le geôlier, ayant eu besoin d'entrer dans la cellule du malheureux, est arrivé assez tôt pour couper la corde ou plutôt le mouchoir. J'ai été averti et j'ai couru à l'infirmerie, où se trouvaient déjà le médecin et le procureur du roi.

« Le médecin m'a donné l'assurance que le prisonnier échapperait aux suites de cette tentative de suicide. Le procureur du roi m'a raconté des détails navrants.

« Savez-vous quel âge a le malheureux qui a essayé de sortir de prison par la porte qui donne sur l'enfer? Dix-huit ans. Il appartient à une très honnête famille d'artisans ayant de l'aisance. C'est la paresse qui l'a conduit où il est. Ses parents ayant refusé à ce garnement l'argent qu'il demandait, dans l'espoir que le besoin l'obligerait au travail, le misérable a volé son patron, la nuit, dans une maison habitée, en fracturant les serrures ; de quoi aller finir à la maison centrale, n'eût été la circonstance atténuante de la jeunesse.

« Le magistrat qui m'a raconté cette triste histoire m'a dit que la paresse était le grand pourvoyeur des prisons. Sur cent individus arrivés sur les bancs de la correctionnelle ou de la cour d'assises, il paraît que plus de la moitié y est menée par la paresse. Que ruminez-vous là-bas dans votre coin, Morizet? Vous n'avez pas l'air bien convaincu de la vérité de ce que je dis là.

— Écoutez, monsieur Cousturier, répondit Morizet en se levant, c'est que c'est fort aussi. Parce qu'on est un peu paresseux, ce n'est pas une raison pour voler et se pendre. Fallait qu'il eût d'autres vices, ce pauvre garçon qui a voulu se pendre.

— Ce n'était pas nécessaire, et la paresse suffit

parfaitement à expliquer sa conduite. A moins d'être riche, ce qui n'est pas à la portée de tout le monde, il n'y a que trois manières connues de se procurer du pain : le gagner, le mendier ou le voler. Réfléchissez-y, Morizet, et vous verrez que si l'oisiveté est la mère de tous les vices, le vol doit être son fils aîné. Je le répète, mes enfants, défiez-vous de la paresse, c'est le plus dangereux des sept péchés capitaux. Les autres vices effrayent ; ils arrivent en hurlant, en sifflant ; la paresse se glisse sans bruit jusqu'à nous, elle pénètre dans nos habitudes, dans notre caractère, jusque dans notre démarche et nos allures ; elle devient notre tempérament, et il faut des prodiges de volonté et d'énergie pour s'en corriger. Les paresseux sont plus malaisés à convertir que les ivrognes. Pour mon compte, je n'ai pas connu un seul paresseux, et j'en ai pourtant connu beaucoup, qui ait pris goût sérieusement au travail. Les enfants et les jeunes gens peuvent seuls étouffer facilement dans son germe ce vice déplorable. Avis à ceux d'entre vous qui auraient pour le farniente, ou fainéantise, quelque penchant plus ou moins prononcé. »

FIN

14909. — Tours, impr. Mame.

www.ingramcontent.com/pod-product-compliance
Lightning Source LLC
Chambersburg PA
CBHW071230260626
47162CB00004B/1508